Über die Autorin:

Cora Most wurde 1979 in einer stürmischen
Novembernacht in München geboren.
Nach vielen turbulenten Jahren kehrte sie der
Großstadt den Rücken und erfüllte sich
mit ihrer Familie den Traum vom einsamen Haus
am Waldrand – dem perfekten Ort,
um düstere Geschichten aufs Papier zu bringen.
Auch in ihrem Beruf als Lektorin
widmet sie sich gern der dunklen Seite der
Literatur. In der Freizeit powert sie sich
am liebsten am Schlagzeug aus oder verbringt Zeit
mit ihrer Familie und den Hunden in der Natur.

www.coramost.de

CORA MOST

GRUSELTOUR DE LUXE

HORROR NOVELLE

Bibliografische Information der Deutschen Nationalbibliothek:
Die Deutsche Nationalbibliothek verzeichnet diese Publikation in der
Deutschen Nationalbibliografie; detaillierte bibliografische Daten sind
im Internet über http://dnb.d-nb.de abrufbar.

© Cora Most
Deutsche Erstausgabe: Oktober 2022
Reitenberger Weg 8, 93444 Bad Kötzting
mail@coramost.de

Lektorat: Lektorat Berg
Korrektorat: Klaudia Szabo

Coverdesign: Renee Rott, cover.and.art

ISBN Softcover: 978-3-347-73020-5

Druck und Distribution im Auftrag des Autors:
tredition GmbH, Halenreie 40-44, 22359 Hamburg,
Germany

Für alle, die gern
unbekannte Wege ergründen.

Dieses Buch enthält potenziell triggernde Themen.

Deshalb findet ihr auf Seite 105
eine Triggerwarnung.

Vorwort

Vor einiger Zeit unternahm ich mit meiner Familie einen Wochenendausflug. Alles war bestens geplant, das Auto bepackt und als wir losfuhren, spürten wir das Abenteuer in unseren Nacken kribbeln. Das Wetter war leider nicht auf unserer Seite, doch den Ausflug wollten wir deswegen nicht absagen.

Unsere Route führte uns über eine einsame Straße durch den Wald.

Die dunklen Fichten standen so dicht, dass sie das wenige Tageslicht, das der wolkenverhangene Himmel durchsickern ließ, beinahe gänzlich verschluckten. Vereinzelte Nebelschlieren zogen über dem Waldboden dahin, streckten ihre langen Finger aus, als wären sie auf der Jagd und würden jeden Moment zupacken.

Als Horrorautorin bin ich immer auf der Suche nach neuen, inspirierenden Plätzen. Manchmal sind dies alte Kirchen, versteckte Felsformationen oder eben einsame Wälder. Das Unheimliche umgibt uns beinahe überall und es lohnt sich, den Blick auch in die düsteren Ecken schweifen zu lassen.

Wer weiß, was dort zum Vorschein kommt?

Auf dieser einsamen Straße durch den Wald sah ich gebannt aus dem Fenster, sog die schaurige Atmosphäre in mich auf und eine Frage biss sich in meinen Gedanken fest.

Was wäre, wenn sich so ein perfekt organisierter Wochenendtrip plötzlich in einen Albtraum verwandeln würde?

Dieser Gedanke ließ mich nicht mehr los und entpuppte sich als vielversprechende Grundlage für die *Gruseltour de luxe*.

Seid ihr bereit für ein Horror-Abenteuer, das euch eiskalt im Nacken packt? Dann will ich euch nicht länger auf die Folter spannen.

Steigt ein, im Wagen ist genug Platz. Lasst den Alltag hinter euch und genießt den kurzen Roadtrip.

Doch seid gewarnt: Wer *Trapwood* zu nahe kommt, kehrt vielleicht nie mehr zurück.

Beförderung

Stolz schritt sie den Flur entlang. An den maus-grauen Betonwänden reihten sich Portraits, die in kunstvoll verzierte Rahmen eingefasst waren.

Nur sorgfältig ausgewählte Mitarbeiter wurden auf diese Weise geehrt. Es würde Jahre dauern, bis sie diesen Status erworben hätte, wenn er nicht sogar unerreichbar bleiben würde. Doch sie war fest entschlossen, alles dafür zu tun, um eines Tages diesen Flur entlangzuschreiten und sich selbst auf einem Portrait entgegenzulächeln.

Nun ja, ein echtes Lächeln war auf keinem der Gesichter zu sehen, aber ein zweiter, genauerer Blick in die Augen der Ausgezeichneten genügte, um den Triumph darin zu erkennen.

Die schwere Eisentür am Ende des Ganges war einen Spaltbreit geöffnet und das Flüstern von mindestens zehn anderen Anwärtern quetschte sich hindurch.

Je näher sie kam, desto stärker wurde ihre Vorfreude. Den letzten Portraits widmete sie keine Aufmerksamkeit mehr; in ihrem Fokus lag nur noch der Raum, den sie gleich betreten würde.

Jahrelang hatte sie im Innendienst vor sich hinvegetiert. Hatte Akten gewälzt, Dienstpläne entworfen, den Kopierer bis zum Zusammenbruch malträtiert und sehnsüchtig den Geschichten der Außendienstler gelauscht, wenn sie der alten Zeiten willen auf einen Sprung vorbeigekommen waren. Doch das geschah selten. Niemand wollte zurück an diesen Ort.

Beinahe hatte sie die Hoffnung auf Freiheit aufgegeben, dann, vor genau drei Monaten, hatte ein Brief auf ihrem Schreibtisch gelegen. Der schwarz glänzende Umschlag war ihr sofort aufgefallen und noch jetzt spürte sie das glatte, kühle Papier an den Fingerspitzen.

Nicht nur der Inhalt war es, der sie innerlich jubeln ließ, sondern — oder vor allem — auch die neidischen Blicke der anderen, die zwischen den Trennwänden neugierig hervorgelugt hatten.

Seit diesem Tag hatte ihr Dasein eine neue Stufe erreicht.

Und heute war es endlich so weit — in wenigen Minuten würde sie ihrem zukünftigen Partner gegenüberstehen und diesen verdammten Ort verlassen, um zu zeigen, was sie draufhatte.

Stolz streckte sie den Rücken durch, ehe ihre Finger das kalte Metall der Türklinke umschlossen.

Außer dem Ausbilder schien sie die letzte Person zu sein, denn alle Tische waren bereits belegt — bis auf einen, direkt vor dem Pult.

Als sie durch die Reihen nach vorn schritt, wurde das Tuscheln zunehmend unruhiger. Früher hätte sie sich daran gestört, jetzt schlich sich ein schadenfrohes Lächeln auf ihre Lippen. Keiner hätte gedacht, dass gerade sie es einmal so weit bringen würde. Die kleine, schüchterne Seele, die sich anfangs kaum getraut hatte, hinter ihrer Trennwand hervorzukriechen.

Mit ihrem Wunsch, im Außendienst eingesetzt zu werden, hatte sich dies innerhalb der letzten Jahre jedoch stark geändert. Jetzt sah jeder nur noch ihren Mittelfinger.

»Aufgepasst, Anwärter.« Die tiefe Stimme des Ausbilders ließ alle Anwesenden schlagartig verstummen. Mit schnellen Schritten marschierte er zum Pult, gefolgt von einer Gruppe Männer und Frauen, die sich in einigem Abstand hinter ihm in einer Reihe aufstellten.

Seine langen, weißen Haare schimmerten im kalten LED-Licht. »Den ersten Schritt haben Sie hinter sich und Ihre schriftliche Prüfung erfolgreich bestanden. Nun haben Sie die Möglichkeit, uns von Ihrem praktischen Können zu überzeugen.« Die Hände hinter dem Rücken verschränkt, schritt er an der ersten Reihe entlang, direkt an ihrem Pult vorbei. Sein rauchiges Aftershave kitzelte sie in der Nase. »Ich mache Sie noch einmal darauf aufmerksam, wie wichtig Ihre Arbeit für unser Unternehmen ist. Unsere Einnahmen hängen von Ihrem Können ab. Seien Sie kreativ, behalten Sie jedoch stets Ihre Aufgabe vor Augen. Übertreibungen führen zu Fehlern und Fehler sind inakzeptabel. Bleiben Sie konzentriert, dann haben Sie nichts zu befürchten.«

Ihr Blick glitt zu den Personen im Hintergrund. Einige davon waren ihr bereits aus Erzählungen bekannt, andere sah sie zum ersten Mal. Alle hatten die Arme vor der Brust verschränkt und beobachteten die Neulinge. In ihren Augen spiegelte sich Überlegenheit.

Nervös wischte sie sich die Hände, die vor Aufregung bis in die Fingerspitzen kribbelten, an der Hose ab. Wem würde sie zugeteilt werden?

»… respektvoll mit den Kunden umgehen. Als Außendienstmitarbeiter sind Sie verpflichtet, das Unternehmen eindrucksvoll zu repräsentieren. Vergessen Sie das nie.« Der Ausbilder trat zur Seite. »Nun stelle ich Ihnen Ihre zukünftigen Mentoren vor.« Er klatschte in die Hände und die Anwärter fielen in den Applaus mit ein. »Vor jeden Rekruten wird nun ein Mentor treten. Diese Entscheidung wurde von der obersten Stelle persönlich getroffen und ist nicht anfechtbar. Im Anschluss folgen Sie

Ihren Mentoren zu den jeweiligen Einsatzorten. Ich wünsche Ihnen viel Erfolg da draußen.«

Kaum war das letzte Wort verklungen, kam Bewegung in die Gruppe der Männer und Frauen.

Aufgeregt beobachtete sie, wie sich nach und nach alle verteilten, bis ein großer Schatten vor ihr Pult trat. Als sie aufsah, blickten ihr zwei starre, dunkle Augen entgegen, die von tiefen Falten umrandet wurden. Der größte Teil seines Gesichts war von einem zerzausten Vollbart umgeben, der so schwarz war, dass sie nicht sicher sein konnte, ob sich darin etwas versteckte.

»Gehen wir«, sagte er, ohne sich vorzustellen, und seine tiefe, basslastige Stimme vibrierte durch ihren Körper.

Noch bevor sie etwas erwidern konnte, war er schon Richtung Tür unterwegs.

Irritiert von seiner Wortkargheit blinzelte sie, sprang dann hastig auf und folgte ihm – hinaus in ein neues Leben, hinaus aus dieser Hölle.

Abfahrt

»Buh!«

Erschrocken fuhr Tracy herum, nur um gleich darauf die Augen zu verdrehen. »Mike, lass das endlich.«

Seit er gestern die Eintrittskarten von Thomas geholt hatte, lauerte er ihr ständig und überall auf. Trotzdem konnte sie ihm nicht ernsthaft böse sein, schließlich träumte er schon lange von diesem Wochenendtrip.

Lachend zog Mike sie an sich. »Aber du bist so sexy, wenn du erschrickst.«

»Du Spinner.« Schmunzelnd schüttelte Tracy den Kopf und befreite sich aus seiner Umarmung. »Lass uns lieber noch einmal alles durchgehen. Ich will nichts vergessen.« Sie deutete auf den knallroten Koffer, der aufgeklappt vor ihr auf dem Bett lag.

Mike seufzte theatralisch. »Warum quälst du mich so?« Sie warf ihm einen ernsten Blick zu, woraufhin er beschwichtigend die Hände hob. »Schon gut. Also … Unterwäsche, T-Shirts, Hosen, Zahnbürste …« Nachdenklich fuhr er sich durch die Haare. »Habe ich was vergessen?«

Tracy verschränkte die Arme vor der Brust und verdrehte die Augen. » Ich mach das hier allein. Verstau du in der Zwischenzeit die Essenstasche im Auto. Das wird eine lange Fahrt.«

»Wird gemacht, Ma'am.« Er zwinkerte ihr zu und verschwand im Flur.

Lachend sah Tracy ihm nach und spielte unwillkürlich an dem Ring, der seit letztem Sonntag ihre linke Hand zierte.

Mike hatte sie zu einem Picknick entführt. Auf einer kleinen, sonnigen Lichtung hatte er ihr auf Knien einen Antrag gemacht. Es war so romantisch gewesen, dass Tracy vor lauter Glückstränen kein Wort herausbekommen hatte.

»Bist du so weit?« Mike stand im Türrahmen und lächelte.

Seufzend schloss sie den vollgepackten Koffer. »Ja, wir können los.«

»Ach, komm schon. Das wird super.« Er strich liebevoll über ihren Arm.

»Kann sein. Ich habe Thomas gegenüber trotzdem ein schlechtes Gewissen. Er hat sich so gefreut.«

»Schon klar.« Mike zuckte die Schultern. »Aber gegen das Schicksal kann man nichts machen.«

Sie presste die Lippen zusammen. Vor einem Jahr hatte ihr Bruder die Eintrittskarten gekauft. Die Abwicklung über das Internet war Thomas in diesem Fall zu unsicher gewesen und so hatte er das Ganze telefonisch erledigt. Er hatte sich überschwänglich bei der alten Dame am anderen Ende der Leitung bedankt, als diese ihm mitteilte, er hätte soeben die letzten beiden Plätze ergattert. Doch das Leben ist nicht immer fair.

»Es fühlt sich trotzdem mies an, dass er mit Grippe im Bett liegt und wir seine heißersehnten Tickets abstauben«, erwiderte Tracy und hob den Koffer herunter.

Für Mike war es ein Glücksfall, dass Mia Thomas in diesem Zustand nicht allein lassen wollte. Die Freundin ihres Bruders war von Anfang an nicht begeistert von der Aktion gewesen.

Tracy seufzte. »Abgesehen davon finde ich den Hype um diese Gruseltour völlig übertrieben.«

Empört hob Mike die Augenbrauen. »Hey, hier geht's um eines der besten Spukhäuser im ganzen Bundesstaat.«

Lachend drückte sie ihm das Gepäckstück in die Hand. »Schon klar. Trotzdem hätte ich die Verlobung lieber woanders gefeiert. Studieren ist manchmal echt blöd.«

Er zuckte die Schultern. »Na ja, immerhin haben wir unsere kleine Wohnung. Damit gehören wir fast zur Elite.« Tracy lächelte und Mike strich ihr zärtlich über die Wange. »Das wird ein tolles Wochenende. Nach der Führung heute Abend haben wir noch zwei volle Tage, an denen wir alles machen, was du willst.«

Sie grinste. »Egal was?«

»Absolut.«

Mike warf ihr einen verheißungsvollen Blick zu, bevor er das Zimmer verließ. Sie folgte ihm schmunzelnd nach unten vor das Haus. Er hatte recht. Die Tour dauerte nur ein paar Stunden. Die würde sie überstehen und danach konnten sie das ganze Wochenende genießen. Obwohl ihr das Gruselzeug nicht so wichtig war wie den Männern, nahm sie sich in Gedanken vor, ihrem Bruder zumindest ein Souvenir als Dankeschön mitzubringen. Im Internet hatte sie gelesen, dass es einen extra Spukshop in *Trapwood* gab. Der Gruseltourismus war wohl eine gute Einnahmequelle in dieser Kleinstadt.

Mike verstaute den roten Koffer zusammen mit seiner Sporttasche auf dem Rücksitz des alten Kombis. »Der Proviant steht vorn.«

Tracy zwinkerte ihm zu. »Sicher, dass du die Tickets hast?«

Ehrfürchtig legte er eine Hand auf seine Brust. »Denkst du ernsthaft, dass ich das Wichtigste vergesse?«

Sie hob übertrieben die Augenbrauen. »Und ich dachte, das wäre ich.«

Mike runzelte die Stirn. »Hm … In diesem Fall ist das eine schwierige Entscheidung.«

Lachend wollte sie ihn gegen den Oberarm boxen, doch er wich geschickt zur Seite aus und zog sie in einer fließenden Bewegung in die Arme.

»Nichts steht über dir, Tracy«, flüsterte er und sah ihr dabei tief in die Augen.

Seine samtige Stimme ließ ihr Herz aufblühen. »Ich liebe dich, Mike Koller.«

»Ich liebe dich auch, zukünftige Mrs Koller.«

Ein lautes Summen beendete die romantische Zweisamkeit und Tracy zog das Handy aus der hinteren Hosentasche. »Unterdrückte Nummer.«

Sie hob ab. »Hallo?«

Stille.

Tracy runzelte die Stirn. »Wer ist da?«

»Vielleicht verwählt.« Mike zuckte neben ihr die Schultern.

Gerade wollte sie auflegen, da erklang ein kaum hörbares, röchelndes Atmen.

Sie erstarrte. Erst letzte Woche hatte sie so einen Anruf erhalten und schnell aufgelegt. Tracy hatte den Vorfall als dummen Streich ihrer Kommilitonen abgetan und Mike nichts davon erzählt, doch das aufdringliche Röcheln, das so ein beklemmendes Gefühl in ihr ausgelöst hatte, war ihr nicht mehr aus dem Kopf gegangen.

Ein kalter Schauder lief ihr über den Rücken, als das Geräusch lauter wurde.

Fragend sah Mike sie an. »Was ist?«

»Ich … keine Ahnung, da ist …«, stotterte Tracy verstört, noch immer unfähig zu reagieren.

Ein heftiges Husten ertönte am anderen Ende der Leitung und sie zuckte erschrocken zusammen.

»Hallo Schwesterherz«, krächzte ihr Bruder, als hätte er die Nacht durchgefeiert.

»Thomas, du Idiot!« Tracys Stimme überschlug sich fast.

Neben ihr prustete Mike los. »Ach komm schon. Das musste sein.«

Nur langsam beruhigte sich ihr Puls wieder. »Ich hätte es wissen müssen, dass ihr beide irgendwas ausheckt.«

Er lachte und erneut folgte ein Hustenanfall.

Erleichtert fuhr sie sich durch die Haare. »Das kommt davon, wenn man seiner kleinen Schwester einen dummen Streich spielt.« Tracy lächelte triumphierend.

Als er sich wieder beruhigt hatte, atmete er tief durch. »Wollte nur mal hören, ob ihr schon unterwegs seid.«

Der Schreck saß ihr zwar noch in den Gliedern, doch im Grunde ärgerte sie sich über ihre Leichtgläubigkeit. An diesem Wochenende sollte sie auf alles gefasst sein. »Wir fahren gleich los. Wie geht's dir?«

»Das wird schon wieder. Habt ihr auch nichts vergessen?«

Sie blickte zu Mike. »Wenn du damit auf die Tickets anspielst, die lässt Mike seit gestern nicht mehr los.«

Thomas lachte leise. »Das kann ich gut verstehen.« Die Enttäuschung, die in seiner Stimme mitschwang, versetzte ihrem Herzen einen Stich. »Trotzdem wünsche ich dir viel Spaß, auch wenn du nicht auf dieses Gruselzeug abfährst.«

»Alles gut. Es wird sicher lustig. Vielleicht schaffe ich es ja, Mike endlich mal zu erschrecken.«

Vorwurfsvoll runzelte dieser neben ihr die Stirn und sie presste die Lippen zusammen, um nicht laut loszuprusten.

»Könnte schwer werden«, erwiderte ihr Bruder amüsiert. »Aber wer weiß. Immerhin ist das die *Gruseltour de luxe.*«

Ungeduldig trat Mike von einem Bein auf das andere und formte mit den Händen eine Lenkradbewegung in der Luft.

Tracy verdrehte die Augen. »Thomas, wir müssen jetzt los. Danke noch mal für die Karten. Gute Besserung und Grüße an Mia. Pass auf dich auf.«

»Mach ich immer. Fahrt vorsichtig und gebt den Geistern ein High Five von mir«

Lachend legte sie auf und wandte sich an Mike. »Ist ja gut, wir können los.«

»Na endlich.« Er seufzte übertrieben. »Steig du schon ein, ich checke ein letztes Mal die Wohnung. Obwohl …« Er grinste. »Es wäre sowieso ein Wunder, wenn Einbrecher bei uns etwas finden würden.«

Aufgehängt

Tracy tippte auf das Display ihres Handys. »Laut der App müssen wir die nächste Ausfahrt nehmen. Dann geht's quer durchs Land weiter.«

»Könnte schwierig werden.« Mike deutete auf ein großes Verkehrsschild am Straßenrand, das auf die Vollsperrung der Ausfahrt hinwies.

»Oh, das hat mir die App gar nicht angezeigt.«

»Hätten wir den Wagen mit dem Navi gekauft, wäre das nicht passiert«, sagte Mike verärgert.

Tracy seufzte. »Aber den hätten wir uns nicht leisten können, das weißt du.«

Anstelle einer Antwort schnaubte er bloß.

Es schmerzte sie, ihn so enttäuscht zu sehen. Das Studentenleben war nicht immer rosig, vor allem ihre finanzielle Situation sorgte regelmäßig für schlechte Stimmung. Doch im Moment konnte sie nichts daran ändern. Die bevorstehende Gruseltour würde seine Laune sicher bessern. Und den Rest des Wochenendes würden sie ihre Zweisamkeit genießen. Sie stellte sich vor, wie sie gemeinsam im Bett ihres Zimmers in der kleinen Pension lagen und er ihr …

Ein sanfter Ruck ging durch den Wagen, als Mike abbremste.

Tracy sah sich um. »Was machst du?«

»Ich fahr hier runter. Lass uns irgendwo stehenbleiben und in Ruhe eine andere Route suchen.«

Sie sah aus dem Fenster. »Da ist eine Tankstelle. Fahr doch dorthin. Ich müsste sowieso mal kurz.«

Mike lenkte das Auto ein Stück von den Zapfsäulen entfernt vor einen in die Jahre gekommenen Holzschuppen, der an den leeren Parkplatz grenzte. Als Tracy aus dem Wagen stieg, griff er nach seinem Handy. »Ich schaue in der Zwischenzeit schon mal, welche Routen es noch nach *Trapwood* gibt.«

»Alles klar.«

Auf der rechten Seite des Hauptgebäudes, direkt gegenüber von dem Schuppen, entdeckte Tracy ein Toilettenschild.

Tankstellen-WCs wirkten zwar abschreckend auf sie, da diese meist verdreckt waren und der Uringeruch sie ekelte, doch noch mehr hasste Tracy es, irgendwo an den Straßenrand zu pinkeln und sich damit öffentlich zur Schau zu stellen. Also entschied sie sich für das kleinere Übel.

Bevor Tracy die rostige Metalltür erreicht hatte, stieg ihr bereits ein abgestandener, beißender Geruch in die Nase. Angewidert drückte sie die Klinke hinunter und zog daran. Nichts geschah. Stirnrunzelnd versuchte sie es mit Drücken, doch die Tür war verschlossen.

Seufzend lief sie um das Gebäude herum zum Haupteingang und betrat die Tankstelle. Hinter der Kasse saß eine junge Frau, blätterte in einer Zeitschrift und kaute gelangweilt auf ihrem Kaugummi herum.

Was für ein öder Job, dachte Tracy und war froh, selbst einen Nebenjob in einem kleinen Café ergattert zu haben.

»Entschuldigen Sie bitte.« Sie lächelte der Frau freundlich zu. »Die Toilette ist abgesperrt.«

Die Kassiererin hob den Kopf und musterte Tracy schweigend. Ihre hellblonden Haare schimmerten im kalten, flackernden Licht der Neonröhre an der Decke und wirkten dadurch beinahe schneeweiß.

Tracy schluckte. »Ähm … Gibt es denn einen Schlüssel dafür oder ist sie kaputt?«

Keine Reaktion.

Unwohlsein kroch über Tracys Haut. Der intensive, neugierige Blick der jungen Frau ging ihr durch Mark und Bein. Es schien ihr fast, als würde diese Angestellte sie begutachten wie eine angebotene Ware auf dem Wochenmarkt.

»Warten Sie kurz.« Unwillkürlich zuckte Tracy zusammen, als die Kassiererin plötzlich antwortete.

Die junge Frau griff unter die Theke und öffnete eine Schublade. »Hier.«

Sie hielt Tracy einen Schlüssel entgegen. Eine Schnur war daran befestigt, an deren anderem Ende ein Miniaturautoreifen baumelte.

Dankbar nahm sie den WC-Schlüssel entgegen.

»Seit dieser Penner in der Toilette gefunden wurde, wird sie immer abgesperrt.« Die Angestellte zuckte die Schulter. »War wohl ne ganz schöne Sauerei.«

Tracy runzelte die Stirn. »Wie meinen Sie das?«

»Na ja. Der Kerl hat sich da drin die Pulsadern aufgeschlitzt. Zum Glück wurde der nicht in meiner Schicht gefunden.« Der Anflug eines Lächelns schlich sich auf ihr Gesicht, erreichte jedoch nicht ihre Augen.

Tracy erschauderte. »Oh, ich …«

»Keine Sorge.« Die junge Frau winkte ab und widmete sich wieder ihrer Zeitschrift. »Ist alles wieder sauber. Sperren Sie ab, wenn Sie fertig sind.«

Irritiert verließ Tracy den Shop und ging um das Gebäude herum – zurück zu der Toilette.

Obwohl sie sich den Gang nach dieser Geschichte am liebsten gespart hätte, meldete sich ihre Blase mittlerweile so vehement, dass sie keine Wahl hatte.

Sie nahm sich vor, ihre Notdurft flink zu verrichten und die Gedanken an den grausamen Fund zu verdrängen.

Mit gerümpfter Nase öffnete Tracy die Metalltür. Der Geruch war mittlerweile noch intensiver geworden und Übelkeit stieg ihre Kehle empor, doch als sie das WC betrat, stellte sie überrascht fest, dass dieser scheinbar von draußen kam.

Wie die junge Frau in der Tankstelle gesagt hatte, war die Toilette tatsächlich sauber. Während sie sich nach dem Pinkeln die Hände wusch, warf Tracy einen schnellen Blick in den Spiegel und verließ die Toilette.

Sie sperrte die Tür wieder ab und machte sich auf den Weg zurück zur Tankstelle.

Die Angestellte saß noch genauso da wie zuvor und blickte nicht einmal auf, als Tracy den Shop betrat.

»Vielen Dank«, sagte sie und legte den Schlüssel auf die Theke. Dann griff sie nach einer Packung Jelly Beans. »Die hätte ich noch gern, bitte.«

Die Kassiererin hob den Kopf – bedachte sie erneut mit diesem intensiven, durchdringenden Blick. Unwillkürlich stellten sich Tracys Nackenhaare auf.

Dann stand die junge Frau auf und sah auf die Theke. »Macht zwei Dollar und dreißig Cent.«

Tracy kramte das Geld aus der Hosentasche und verließ mit den Jelly Beans erleichtert den Shop.

Diese seltsame Angestellte würde sie bestimmt noch in ihren Albträumen verfolgen.

Mike war inzwischen ausgestiegen und lehnte mit dem Rücken am Wagen. Neben ihm ein dürrer, älterer Mann mit dem er sich unterhielt.

Selbst aus einiger Entfernung erkannte Tracy die verschmutzte Kleidung des Fremden und je näher sie kam, desto abstoßender fand sie ihn. Der Kerl wirkte mit seiner grauen, abgenutzten Latzhose, die er über einem völlig verdreckten Rippshirt trug, wie aus einem Horrorfilm entsprungen. In den Händen hielt er ein Tuch, das über und über mit rotbraunen Flecken übersät war. Trotzdem wischte er sich in einer Tour die Finger daran ab, als wäre es eine Zwangshandlung.

Als sie die beiden erreichte, lächelte Mike. »Hey, Süße.« Er deutete zu dem Fremden. »Dieser Mann hat uns gerade eine halbe Stunde Fahrt erspart.«

Fragend hob sie die Augenbrauen.

»Ich habe nur Routen gefunden, die einen langen Umweg bedeutet hätten«, erklärte Mike. »Er kam gerade vorbei, da hab ich ihn einfach gefragt.«

Sie nickte wortlos und der Kerl verzog den Mund zu einem breiten, zahnlosen Grinsen. »Hab ihrem Freund ne Abkürzung nach *Trapwood* gezeigt, Ma'am.« Bei jedem Wort wölbten sich seine Augenbrauen, als wollten sie ihm aus dem Gesicht springen.

Begeistert deutete Mike auf das Handydisplay. »Die Route über die *Straight Lane* ist mir überhaupt nicht aufgefallen. Aber wir sparen dadurch viel Zeit … und Benzin.«

Tracy sah die Freude in seinen Augen, doch sie fühlte sich in Gegenwart dieses Fremden so unwohl, dass sie sie beim besten Willen nicht teilen konnte.

»Okay«, sagte sie knapp.

In diesem Moment glitt ihr Blick über die Schulter des Fremden auf den Holzschuppen, dessen schiefes Tor nun zur Hälfte offenstand.

Erschrocken wich sie zurück und schlug sich die Hand vor den Mund. Das Tageslicht, das nun in das Innere des Schuppens fiel, ließ sie die Kaninchen erkennen, die kopfüber an Seilen von der Decke hingen. Aufgehängt, um auszubluten. Eisenhaken waren am Ende der Schnüre befestigt und zwischen Knochen und Sehnen durch die Hinterläufe der armen Tiere gebohrt worden. Ihr blutiges Fleisch, auf dem kein Fell mehr zu erkennen war, glänzte schwach.

Schockiert starrte sie auf das Elend der Tiere. Übelkeit brachte ihre Magenwand in Wallung, die sich aufbäumte bis die Säure in Tracys Kehle brannte. Nur mit Mühe hielt sie sie in Schach.

Der unheimliche Kerl runzelte die Stirn und folgte ihrem Blick. »Wir haben hier ne Kaninchenplage, wissen Sie.« Er wandte sich wieder um und grinste. »Die Biester sind ganz schön gerissen. Aber nicht gerissen genug für mich.« Ein Glucksen entsprang seiner Kehle und endete in einem schleimigen Hustenanfall.

Mike musste das Grauen im Schuppen ebenfalls gesehen haben, denn auf einmal legte er den Arm fest um Tracy und zog sie schützend an sich. »Wir müssen jetzt weiter. Nochmal danke für Ihre Hilfe.«

Der Kerl nickte und wischte sich mit dem Tuch über die Stirn, was rötliche Streifen auf seiner Haut zurückließ.

Tracy wollte sich gar nicht vorstellen, was an diesem Stoff klebte. Angewidert verzog sie das Gesicht und stieg eilig in den Wagen.

Mike saß bereits hinter dem Lenkrad. »Seltsamer Typ. Aber sein Tipp ist Gold wert.«

Sie warf einen Blick auf sein Handy, das er mit dem Display nach oben in die Mittelkonsole gelegt hatte. »Hoffen wir's.«

»Ich hab mir die Strecke genau angesehen. Das ist eine breite Straße, kein staubiger Schotterweg.« Er nahm ihre Hand und hauchte einen Kuss darauf. »Vergiss den gruseligen Typen einfach. Lass uns das Wochenende genießen.«

Tracy lächelte, auch wenn es sich nicht ganz echt anfühlte.

Als sie losfuhren, warf sie einen letzten Blick in den Seitenspiegel. Der Mann stand noch immer an derselben Stelle und sah ihnen nach.

Die Wand

Skeptisch blickte Tracy aus dem Fenster. »Bist du dir sicher, dass wir hier richtig sind? Uns ist noch kein einziges Auto begegnet.«

Seit einer Stunde fuhren sie eine Straße entlang, die scheinbar unendlich weit durch einen dichten Fichtenwald führte.

Mike schenkte ihr einen aufmunternden Seitenblick. »Ja, der Typ sagte schon, dass die Straße wenig befahren ist und ewig geradeaus führt. Aber mal ehrlich, ich finde die Strecke irgendwie cool.« Er grinste breit. »Hab mal gelesen, dass die Gegend für ihre einsamen Waldhütten bekannt sein soll. Manche davon kann man mieten und in einigen soll es sogar spuken.«

Tracy warf ihm einen warnenden Blick zu. »Denk nicht mal daran.«

Er lachte. »Ich habe nur erzählt, was ich erfahren habe.«

Mike beugte sich vor und kramte eine Flasche Cola aus der Provianttasche.

Sie linste auf das Display. »Hier steht, der Wald heißt *Fog Forest*.« Nachdenklich runzelte sie die Stirn. »Der Name kommt mir irgendwie bekannt vor.«

Mike zuckte die Schultern. »Kann sein. Keine Ahnung.«

In diesem Moment fiel bei Tracy der Groschen. »Jetzt weiß ich es wieder. Hier sind vor einem halben Jahr drei Forscher verschwunden.«

»Na ja, das Waldgebiet ist groß. Da passiert sowas schon mal.«

»Man hat sie nie gefunden«, sagte Tracy beunruhigt.

»Vielleicht haben sie aus Versehen in der falschen Höhle geforscht?« Fragend zog sie die Augenbrauen hoch. »Könnte ja sein, dass noch ein Bär drin war, der einen leeren Magen hatte.«

»Das ist nicht witzig, Mike.« Sie warf ihm einen bösen Blick zu.

»Schon klar.« Er seufzte. »Aber solche Dinge passieren überall, Tracy. Das hat nichts mit dieser Gegend zu tun.«

»Wahrscheinlich hast du recht.« Sie wollte die Gedanken an das Unglück so schnell wie möglich aus ihrem Kopf schieben.

»Trotzdem musst du zugeben, dass diese lange, gerade Straße durch den Wald beeindruckend ist.«

»Und einsam«, murmelte sie.

Seit der Tankstelle hatte Tracy ein seltsames Gefühl im Magen. Sie war von Anfang an von der Spukhaustour nicht so begeistert gewesen wie Mike, doch im Grunde hatte sie sich auf ihren gemeinsamen Wochenendtrip gefreut. Vielleicht lag es am Frühstück, das sie vor der Abfahrt noch schnell gegessen hatten. Oder dem Anblick der gehäuteten Kaninchen im Schuppen.

»Hast du etwa Angst mit mir allein?« Er schmunzelte und trank die Hälfte der Flasche in einem Zug, den Blick dabei fest auf die Straße gerichtet.

»Quatsch. Vergiss es einfach.« Tracy seufzte und hielt sich den Bauch. »Mein Magen spinnt nur mal wieder.«

»Der beruhigt sich, bis wir da sind.« Mike nahm eine Hand vom Lenkrad und strich ihr liebevoll über den Oberschenkel.

Sie verschränkte die Finger mit seinen. »Ja, sicher. Wenn nicht, hole ich mir in *Trapwood* etwas aus der Apotheke. Die haben doch eine, meinst du nicht?«

»Klar.« Er beugte sich ein wenig vor, um zum Himmel zu schielen. »Sieht nach Regen aus.«

»Vielleicht ist es in *Trapwood* besser?« Sie zuckte

die Schultern. »Außerdem … Passt so ein Wetter nicht perfekt zur Gruseltour?«

Erneut schlich sich ein Grinsen auf seine Lippen. »Da hast du absolut recht. Die Fotos werden der Wahnsinn.«

Schmunzelnd wandte sie sich den vorbeirauschenden Bäumen zu. Tracy liebte Mikes ansteckende Euphorie, die ihr so oft das Gefühl gab, für einen Moment wieder Kind zu sein.

Eine halbe Stunde später hatte sich die Landschaft nicht verändert, doch die Wolken türmten sich bedrohlich über ihnen auf.

Tracy lugte auf das Navigationsgerät. »Noch 26 Meilen bis wir diese Straße verlassen können.«

Seufzend schaltete sie das Radio an und lehnte sich zurück in den Sitz. Die vorbeiziehenden Bäume wirkten zusammen mit der ruhigen Musik nahezu hypnotisch auf sie und so dauerte es nicht lang, bis ihr die Augen zufielen.

Tracy schlich einen düsteren Korridor entlang. Das Muster der Tapeten und die verschnörkelten Deckenverzierungen deuteten darauf hin, dass sie sich in einem alten Herrenhaus befand. An beiden Seiten des Ganges prangten Ölgemälde, die die Portraits einer ganzen Ahnenreihe zeigten. Ernste Gesichter blickten ihr entgegen, als würden sie Tracys Anwesenheit missbilligen. Ein eisiger Schauer kroch langsam ihre Wirbelsäule hinauf.

In gleichmäßigem Abstand hingen antike Kron-
leuchter von der Decke, die den Korridor in ein ge-
spenstisch flackerndes Licht tauchten.

Dieser Ort machte ihr Angst. Sie wollte hier raus,
doch mit jedem Schritt, den sie vorwärtsging, schien
der Flur länger zu werden.

Immer schneller lief sie den Korridor entlang. Aus
dem Augenwinkel wirkten die Portraits beinahe
lebendig, als würden sie Tracy mit ihren neugierigen
Blicken verfolgen. Da erkannte sie am Ende des
Ganges eine Wand, an deren Mitte ein riesiges Bild
hing.

Zaghaft näherte sie sich und hielt erschrocken die
Luft an. Alles in ihr zog sich zusammen, als würden
sich ihre Innereien ebenfalls vor der schrecklichen An-
sicht fürchten.

Von dem Gemälde blickte ihr niemand anderer als
Mike entgegen. Sein blasses Gesicht war zu einer bösen,
grinsenden Fratze verzogen.

Ängstlich wich sie zurück.

Da schoss die furchterregende Gestalt aus dem
Rahmen auf sie zu. »Ich komme dich holen, Tracy.«

»Hey, Süße.« Erschrocken riss sie die Augen auf
und sah direkt in Mikes Gesicht. »Tut mir leid, ich
wollte dich nicht erschrecken. Alles klar? Du siehst
aus, als hättest du einen Geist gesehen.«

Verwirrt runzelte sie die Stirn und blinzelte die
letzten Fetzen der bizarren Portraits fort. Noch

immer pochte Tracys Herz so heftig in ihrer Brust, dass sie das Gefühl hatte, nicht richtig atmen zu können.

Das war nicht real, beruhigte sie sich selbst.

Einen Moment dachte sie darüber nach, Mike von ihrem verstörenden Albtraum zu erzählen, entschied sich jedoch dagegen. Es war schließlich nur ein Traum und er würde sie sicher nur damit aufziehen.

Mit einem Kopfschütteln vertrieb sie den letzten Rest des beängstigenden Gefühls. »Quatsch, du hast mich nur aus dem Tiefschlaf gerissen. Was ist denn los?«

Er deutete aufgeregt nach vorn. »Da! Hast du so was schon mal gesehen?«

Gespannt folgte sie seinem Blick und runzelte irritiert die Stirn. »Was ist das? Nebel?«

Etwa eine Meile entfernt ragte eine graue Wolkenwand vor ihnen in die Höhe, die sich quer über die Straße bis tief in den Wald erstreckte.

»Keine Ahnung.« Mike zuckte die Schultern. »Vielleicht eine Regenwand. Sieht auf jeden Fall krass aus.«

Tracy betrachtete das seltsame Wetterphänomen. »Jetzt wissen wir auf jeden Fall, woher der Wald seinen Namen hat.«

»Davon brauche ich unbedingt ein Foto.« Er hielt den Wagen am Straßenrand an und kramte sein Handy hervor.

»Aber Mike! Du willst doch nicht …« Weiter kam sie nicht, da war er schon aus dem Auto gesprungen.

Schnaubend öffnete sie die Beifahrertür und folgte ihm ein paar Meter vor den Wagen.

»Das ist unheimlich«, stellte sie neben ihm fest und schlang die Arme um den Oberkörper.

Mike grinste begeistert. »Ja, genau. Das ist eine super Einstimmung auf unser Wochenende.«

»Ich weiß nicht.« Ein heftiges Kribbeln zog sich über ihren Nacken. »Müssen wir da echt durchfahren?«

»Siehst du einen anderen Weg?«

Zaghaft schüttelte sie den Kopf. Ein ungutes Gefühl breitete sich langsam in ihr aus. Zelle für Zelle infizierte es ihren ganzen Körper wie eine tödliche Krankheit. »Lass uns wieder einsteigen, Mike.«

Ein letztes Mal ertönte das Klickgeräusch des Handys, dann verstaute er es endlich in der hinteren Hosentasche. »Ich hab's ja schon.«

Gemeinsam gingen sie zurück zum Auto.

»Fahr aber bitte langsam«, bat Tracy ihn, als er den Motor startete. »Wer weiß, was uns da drin erwartet.«

»Mach ich.« Mike beugte sich herüber und küsste sie zärtlich auf die Wange. »Mach dir keine Sorgen. Ich pass auf dich auf.«

Mit diesen Worten fuhr er los, direkt auf die graue Wand zu.

Verschluckt

Kaum hatte die undurchsichtige Masse die Motor-haube des Wagens erreicht, wurden sie gänzlich von ihr verschlungen.

»Scheiße!« Mike bremste ab und ließ das Auto langsam weiterrollen. »Hier sieht man echt über-haupt nichts.«

Fasziniert und sorgenvoll zugleich blickte Tracy aus dem Beifahrerfenster. Sie hatte schon von so einem dichten Nebel gehört, ihn aber niemals mit eigenen Augen gesehen.

Nachdenklich biss sie sich auf die Unterlippe. »Vielleicht sollten wir lieber stehenbleiben? Ich habe keine Lust einen Unfall zu bauen.«

Mike hob die Augenbrauen. »Seit wir auf dieser Straße sind, ist uns kein einziges Auto begegnet. Die Chancen dafür sind wohl ziemlich gering.«

»Trotzdem wäre es mir lieber.«

»Und was dann? Hier warten, bis es aufklart?«

Sie zuckte die Schultern. »Wieso nicht?«

Mike seufzte, machte aber keine Anstalten anzuhalten. »Das könnte ewig dauern. Dann kommen wir zu spät.«

Tracy verdrehte die Augen. »Wir haben alle Zeit der Welt. Die Tour fängt erst in fünf Stunden an.«

»Aber ich brauche noch ein paar coole Fotos von der Villa bei Tageslicht«, erwiderte Mike kopfschüttelnd. »Ich fahre langsam weiter. Es geht ja nur geradeaus, siehst du?« Er deutete auf das Display des Handys auf der Mittelkonsole.

Tracy presste die Lippen zusammen. Ganz wohl war ihr bei der Sache nicht. Der Nebel war so dicht, dass sie ein Reh erst sehen würden, wenn es direkt vor ihnen stünde, geschweige denn ein entgegenkommendes Fahrzeug. Sie sah zu Mike, der seinen perfektionierten Hundeblick aufgesetzt hatte, und seufzte. »Na gut. Aber nur in Schrittgeschwindigkeit, okay?«

Ein zufriedener Ausdruck erschien auf seinem Gesicht. »Geht klar.«

Während der nächsten halben Stunde schielte Tracy immer wieder auf das Smartphone. Viel zu langsam sank die Zahl der bis zum Ziel verbleibenden Meilen.

Im Wagen herrschte absolute Stille. Sogar das Radio hatte Mike ausgeschaltet, um sich besser konzentrieren zu können.

Mit zusammengezogenen Augenbrauen starrte er angestrengt durch die Windschutzscheibe.

Besorgt warf sie ihm einen Seitenblick zu. »Soll ich dich mal ablösen?«

Er blinzelte ein paar Mal, dann rieb er sich die Augen. »Es geht schon.«

»Hör auf, Mike. Du musst mir nichts beweisen.«

»Tu ich gar nicht, aber ...« Ein dröhnendes Hupen schnitt ihm die Worte ab.

Wenige Meter vor ihnen tauchte wie aus dem Nichts ein mächtiger Truck aus dem Nebel auf, der mit seinen riesigen Scheinwerfern direkt auf sie zusteuerte.

Tracy schrie auf und stemmte reflexartig die Beine auf den Boden.

Blitzschnell riss Mike das Lenkrad herum, da donnerte der Lastwagen auch schon an ihnen vorbei. Die Augen weit aufgerissen griff Tracy an den Haltegriff über dem Beifahrerfenster. Der Wagen ruckelte heftig, bevor er so abrupt zum Stehen kam, dass ihr Gurt einrastete und ihr schmerzhaft in die Schulter schnitt.

»Scheiße!«, fluchte Mike, das Lenkrad noch immer krampfhaft umklammert.

Einen Moment erfüllte nur ihr panisches Atmen das Wageninnere.

Dann kam Tracy langsam wieder zu sich. »Siehst du!«, rief sie. »Genau das habe ich gemeint!«

Mike atmete tief durch. »Okay, okay. Eine kleine Pause wäre vielleicht nicht schlecht.«

»Du Idiot«, schimpfte sie und strich sich die Haare aus dem Gesicht. »Wir könnten jetzt tot sein.«

»Sind wir aber nicht.« Beruhigend nahm er ihre Hand. »Alles ist gut gegangen. Lass uns nachsehen, ob das Auto in Ordnung ist.« Damit schaltete er die Warnblinkanlage an und öffnete die Tür.

Tracy stieg ebenfalls aus. Ihre Knie waren noch immer ganz wackelig von dem Schrecken und sie schlang schützend die Arme um den Oberkörper.

Konzentriert umrundete Mike den Wagen. »Scheint nichts kaputt zu sein. Wir hatten Glück. Lass uns einfach eine kurze Pause einlegen und dann ganz langsam weiterfahren, okay?«

Tracy presste die Lippen zusammen. Sie hatte kein gutes Gefühl auf dieser Straße. »Ich weiß nicht, Mike. Was, wenn uns das noch einmal passiert und wir dann kein Glück haben?«

»Ich habe nur nicht richtig aufgepasst und den Nebel unterschätzt«, erwiderte er. »Es tut mir leid, das kommt nicht wieder vor.« Sein entschuldigender Blick kratzte an ihren Zweifeln, bis diese langsam zu bröckeln begannen.

»Na gut«, sagte sie seufzend. »Aber du hältst dich ganz nah am Straßenrand und zwar mit weniger als Schrittgeschwindigkeit, verstanden?«

»Versprochen, aber bevor wir weiterfahren, verschwinde ich kurz mal zwischen den Bäumen. Die Cola muss wieder raus.«

Tracy griff nach ihrem Handy und schob es in die hintere Hosentasche. »Gut, ich vertrete mir in der Zwischenzeit ein bisschen die Beine.« Um jede Minute, die sie länger hier stehen würden, war sie im Moment ausgesprochen dankbar.

»Bin gleich wieder da.« Mit diesen Worten verschwand Mike im Nebel.

»Geh nicht zu weit weg!«, rief Tracy ihm hinterher. »Sonst findest du nicht mehr zurück!«

»Dann folge ich eben deiner Stimme!«, erwiderte er einige Meter entfernt.

Schmunzelnd schüttelte sie den Kopf, stützte die Hände in die Hüften und streckte den Rücken durch. Nach ein paar Stunden Fahrt fühlte sie sich wie ein zusammengeknautschtes Kissen.

Die feuchte Luft war kühl und ein aromatischer Fichtennadelduft erfüllte die Umgebung. Obwohl sie nur ein paar Schritte neben dem Wagen stand, verschleierte der Nebel ihre Sicht auf die Beifahrertür. Sie fröstelte.

Es war totenstill hier draußen, nicht einmal die üblichen Geräusche des Waldes waren zu hören. Kein Vogelgezwitscher, kein Rascheln, nichts. Die beklemmende Szenerie wirkte dadurch seltsam bedrohlich.

»Mike?« Tracy kniff die Augen ein wenig zusammen und spähte in die graue Masse. »Bist du fertig?«

Als seine Antwort ausblieb, schluckte sie unsicher, dann seufzte sie. »Ach, komm schon, hör auf mit diesem Mist!«

Keine Reaktion.

»Ich mein's ernst!«

Da ertönte ein Schrei in einiger Entfernung und ließ sie erschrocken zusammenzucken. »Mike? Das ist nicht mehr witzig!«

Mit angehaltenem Atem lauschte Tracy in die Stille.

Nichts.

Gänsehaut erfasste ihren Körper wie bei einem Sprung in das eiskalte Wasser eines Sees im Herbst. Warum antwortete er nicht? Wenn das einer seiner blöden Späße war, konnte er was erleben.

Jede quälende Sekunde, die verging, fraß sich tiefer in sie hinein, bis sie das Gefühl hatte, keine Luft mehr zu bekommen.

Fieberhaft überlegte sie, was sie jetzt tun sollte, bevor sie entschlossen nach ihrem Handy griff und mit zitternden Fingern das Display entsperren wollte.

»So ein Mist!« Tracy schnaubte.

Natürlich war gerade jetzt der verdammte Akku leer. Die Navigationsapp hatte wohl zu viel Energie verschwendet.

»Mike!«, rief sie erneut in das graue Nichts.

Der Schrei war eindeutig von ihm gekommen, dessen war sie sich sicher.

Intuitiv griff Tracy an den Ring an ihrem Finger und drehte ihn. Was, wenn er Hilfe brauchte?

Sie musste etwas tun. Energisch fuhr sie herum und stieg in den Wagen. Dort zog sie den Schlüssel ab, den Mike zum Glück stecken gelassen hatte. Hoffentlich würde sie das Auto mit der Warnblinkanlage wiederfinden.

Entgegen ihren inneren Alarmglocken, die sich in diesem Moment überschlugen, marschierte sie in die Richtung, in die Mike gelaufen war. Immer wieder sah sie sich um, bis die blinkenden Lichter des Wagens vom Nebel verschluckt wurden. Es kam ihr vor, als würde sie sich mitten im Ozean von der einzig rettenden Boje entfernen.

Die ersten Meter lagen schnell hinter ihr, doch die Sicht war so schlecht, dass Tracy ihre Schritte verlangsamen musste. Immer wieder wich sie Bäumen aus, die viel zu knapp vor ihr auftauchten. Es war gespenstisch still und außer ihrem beschleunigten Herzschlag und dem Knacken unter ihren Schuhen, wenn sie auf einen dünnen Ast trat, war noch immer nichts zu hören.

Erst vor ein paar Wochen hatte Mike sie zu einem gemeinsamen Horrorfilmabend überredet. Sie hatte die ganze Nacht nicht geschlafen und genau jetzt holten die Bilder des Films sie erneut ein.

In ihrer Vorstellung waren sie beide in einem dunklen Schuppen an einen Balken gekettet, Mikes Lunge rasselte bei jedem Atemzug und er spuckte Blut. Dann wurde die Tür aufgerissen und der kranke Kerl von der Tankstelle trat herein, ein tropfendes Beil in der Hand.

Kalter Schweiß brach auf Tracys Stirn aus und sie wischte sich hastig über das Gesicht, vertrieb mit aller Kraft die grausamen Bilder ihrer Gedanken.

»Mike! Bitte sag doch was!« Ihre Stimme zitterte vor Verzweiflung. Nur mit Mühe konnte sie die schreckliche Angst in ihrem Inneren unter Kontrolle halten.

Plötzlich blieb sie wie angewurzelt stehen. Ein Geräusch. Ganz in der Nähe.

Es klang wie ein Stöhnen, ein schmerzverzerrtes Ächzen. Dann eine vertraute Stimme. »Tracy!«

Mike! Endlich hatte sie ihn gefunden. Er konnte nicht weit entfernt sein. Sie beschleunigte ihre Schritte und wanderte zügig in seine Richtung.

»Ich komme!«, rief sie erleichtert.

»Nein! Bleib wo du …«

Ihr nächster Tritt ging ins Leere. Tracy schrie auf und stürzte in die Tiefe.

Alles um sie herum verschwamm zu einem grauen Strudel und augenblicklich verlor sie die Orientierung. Immer wieder trafen Äste oder Steine ihren rollenden Körper und prügelten hart auf sie ein. Verzweifelt versuchte sie, die Finger in die Erde zu krallen, doch es war zwecklos. Unaufhörlich rutschte sie in die Tiefe, bis sie mit einem Schlag von der Dunkelheit verschluckt wurde.

Der Hang

Stöhnend rollte sich Tracy auf den Rücken, während sie langsam die Augen öffnete. Alles um sie herum war verschwommen und sie blinzelte heftig. Dumpfe Kopfschmerzen pulsierten durch jede Faser ihres Körpers und Kälte kroch ihr in die Glieder. Die Haut an ihrem Gesicht und den Armen brannte, als wäre sie von einem Haufen roter Ameisen angegriffen worden.

Tracy nahm einen tiefen Atemzug, der jedoch abrupt von einer Schmerzenswelle unterbrochen wurde und jäh in einem Hustenanfall endete.

Nach und nach kehrten die Erinnerungen zurück. Die Straßensperrung, die Tankstelle, der Nebel, der LKW.

Vorsichtig bewegte sie die einzelnen Glieder, drehte den Kopf zu beiden Seiten und seufzte er leichtert. Zumindest schien kein Knochen gebrochen zu sein.

Nein! Bleib wo du …

Erschrocken fuhr sie hoch. »Mike!«

Kurz vor dem Absturz hatte sie deutlich seine Stimme gehört. Er hatte sie gewarnt. Der Abhang war direkt aus dem Nichts gekommen.

Vielleicht war ihm das Gleiche passiert und er lag verletzt hier unten?

Angestrengt blickte Tracy sich um. Der Nebel um sie herum war ein wenig lichter als oben und gab den Blick auf ein paar umliegende Bäume frei.

Mit den Händen stützte sie sich auf dem feuchten Waldboden ab und stand ächzend auf. Ihre Beine zitterten, doch sie biss die Zähne zusammen und streckte sie durch. Der Boden rings um sie herum war dick mit Moos bedeckt, was ihre Landung anscheinend abgedämpft hatte.

Einen Moment kriselte es vor ihren Augen, als würde die Dunkelheit zurückkehren, um sie erneut zu holen, doch Tracy konzentrierte sich auf die Atmung und besiegte so den Schwindel.

Dann legte sie die Hände wie einen Trichter um den Mund. »Mike!«

Keine Antwort.

Tracy fröstelte. Die kalte, feuchte Luft war durch ihre Kleidung bis auf die Haut gedrungen. Wie lang hatte sie hier gelegen?

Die Umgebung war beängstigend düster, doch durch die dichten Baumkronen und den Nebel konnte sie nicht mit Sicherheit feststellen, ob es bereits dämmerte.

»Mike!«, versuchte sie es erneut, ohne Erfolg.

Hatte sie sich seine Stimme nur eingebildet?

Nachdenklich näherte sie sich dem steilen Abhang und legte den Kopf in den Nacken. Die Sicht reichte in etwa drei Meter weit. Vielleicht könnten sie es schaffen, wieder hinaufzuklettern, was sicher kein einfaches Unterfangen werden würde, doch zuerst musste sie Mike finden. Wenn er wie sie heruntergestürzt war, lag er sicher in der Nähe des Abhangs.

Tracy ließ ihren Blick umherwandern. Die Umgebung zu beiden Seiten sah absolut identisch aus.

Entschlossen schnaubte sie und marschierte in eine Richtung am Hang entlang.

Immer wieder rief sie nach Mike, doch außer der bedrückenden Stille bekam sie keine Antwort.

Jeder weitere Schritt wirbelte Tracys Gedanken umher wie winzige Partikel in einer Schneekugel.

Von Anfang an hatte sie ein schlechtes Gefühl bei dem Nebel gehabt. Vor der dichten Wolkenwand hätte sie am liebsten umgedreht. Doch Mike wäre so enttäuscht gewesen, das hatte sie ihm nicht antun können. Jetzt war er verschwunden, lag vermutlich verletzt mitten im Nirgendwo und Tracy war allein. Mit leerem Handyakku und damit ohne Kontakt zur Außenwelt. Wenn sich wenigstens der verdammte Nebel verziehen würde, dann könnte jemand ihr Auto leichter am Straßenrand finden und sie suchen kommen. Vorausgesetzt es würde überhaupt noch ein Wagen diese verfluchte Straße entlangfahren.

Nach einer gefühlten Ewigkeit – das Zeitgefühl hatte Tracy schon lange verloren – blieb sie erschöpft stehen und lehnte sich mit dem Rücken an den Abhang. Augenblicklich bröselten ein paar Erdklumpen an ihm herunter.

Sie war schon viel zu weit von der Absturzstelle entfernt. Möglicherweise hatte sie sich für die falsche Richtung entschieden.

Tracy schlang die Arme um den Bauch und wandte sich um. Wenn es nur nicht so kalt wäre.

Sie ging gerade ein paar Schritte in die entgegengesetzte Richtung zurück, als plötzlich ein Schimmer ihre Aufmerksamkeit erregte und sie innehielt. Irritiert verengte Tracy die Augen.

Mitten im Wald hellte ein schwankender, goldener Fleck den Nebel auf.

Nervös beobachtete sie, wie sich die Stelle langsam aber stetig vergrößerte.

Da kam etwas auf sie zu.

Tausende Gedanken stoben ihr durch den Kopf wie ein Schwarm aufgescheuchter Fliegen. Sollte sie weglaufen oder abwarten? Ein Tier konnte es nicht sein, doch es wäre denkbar, dass es jemand war, der ihr helfen würde.

Zögernd blieb sie stehen und wartete ab. Kurz darauf tauchten die ersten Umrisse einer Lampe aus dem Nebel auf. Ein großer, breitschultriger Mann trat auf Tracy zu, in der Hand eine kleine Laterne. Sein schwarzer, zerschlissener Ledermantel endete knapp oberhalb des Bodens und die tiefen Falten seines alten Gesichts, dessen untere Hälfte durch einen dichten Vollbart verdeckt wurde, kamen durch das schimmernde Licht noch stärker zum Vorschein.

Als er sie mit seinen dunklen Augen erblickte, blieb er stehen. »Ms Grant?«

Stirnrunzelnd wich Tracy einen Schritt zurück. »Woher kennen Sie meinen Namen?«

»Mr Koller.«

»Mike?«, rief sie überrascht. »Wo ist er?«

»Wir haben ihn ins Haus gebracht.« Die monotone, brummige Stimme des Fremden jagte Tracy eine Gänsehaut über den Körper. Die Laterne vor sich haltend bewegte er sich keinen Millimeter.

»Warum?«, erkundigte sie sich skeptisch.

»Er ist verletzt.«

Entsetzt riss sie die Augen auf. »Was?«

Der Mann verzog das alte Gesicht zu einem Lächeln. »Hat sich vermutlich nur das Bein gebrochen. Der Krankenwagen ist verständigt.« Er wandte sich um und blickte über die Schulter. »Kommen Sie.«

Ohne Tracys Reaktion abzuwarten, schritt er davon.

Sie zögerte. Sollte sie diesem Fremden trauen? Wie oft hatte sie in den Medien von grausamen Morden gelesen, von scheinbar hilfsbereiten Menschen, die sich am Ende als kaltblütige Killer entpuppten. Doch woher kannte dieser Mann ihren Namen?

Mike musste bei ihm sein. Eine andere Erklärung gab es für sie nicht.

»Warten Sie!«, rief Tracy dem Fremden hinterher und folgte seinem Licht tiefer in den Wald.

Home Sweet Home

Obwohl ihre Ungeduld und die Sorge um Mike sie schneller vorantreiben wollten, hielt Tracy einige Schritte Abstand von dem alten Mann, der gemächlich durch den Wald schritt, als hätten sie alle Zeit der Welt.

Tief in ihrem Inneren rumorte ein ungutes Gefühl, das sich langsam aber stetig wie eine Kumuluswolke aufbauschte. Unzählige Fragen überschlugen sich in Tracys Gedanken.

Wie hatte der Fremde Mike gefunden und warum war er bei diesem Nebel überhaupt allein im Wald unterwegs?

»Wie heißen Sie?«, platzte es aus ihr heraus, woraufhin der breitschultrige Mann stehen blieb, ohne sich jedoch umzudrehen.

Alarmiert wich sie einen Schritt zurück. »Ich meine …« Sie schluckte nervös. »Sie haben sich gar nicht vorgestellt.«

»John.«

Mehr sagte er nicht, was Tracys ungutes Gefühl nicht im Geringsten beruhigte.

»Ist der Nebel hier immer so dicht?«, versuchte sie es erneut.

Keine Reaktion.

»Sie unterhalten sich wohl nicht gern?« Ihre Stimme war so zaghaft, dass sie dachte, er hätte sie nicht gehört, doch dann entfuhr ihm ein Schnauben und er setzte seinen Weg ohne ein weiteres Wort fort.

So gruselig dieser Kerl auch auf sie wirkte, sie hatte keine andere Wahl, wenn sie zu Mike wollte.

Tracy verschränkte die Arme schützend vor der Brust. In diesem Moment hätte sie alles dafür gegeben, um wieder mit ihm im Auto zu sitzen.

Eine ganze Weile marschierten sie schweigend hintereinander her. Immer weiter führte John sie ins Unbekannte. Die Stille um sie herum lag wie ein Mantel aus Blei über ihr, der ihre Atmung erschwerte. Außer den Schritten auf dem Waldboden, die durch das Knacken einzelner Äste begleitet wurden, erfüllte nur das leise Quietschen der alten Laterne in Johns Hand die Umgebung.

Fröstelnd schlang Tracy die Arme fester um den Oberkörper. »Ist es noch weit?«

Seufzend senkte sie den Blick auf den Boden vor ihr. Mit einer Antwort hatte sie im Grunde auch nicht gerechnet.

Je tiefer sie in den Wald eindrangen, desto lichter wurde der Nebel, doch außer unzähligen Fichten und Sträuchern war nichts zu sehen.

Grausame Überschriften von Zeitungsberichten tauchten vor Tracys innerem Auge auf. Schreckliche Funde ermordeter Paare, bis zur Unkenntlichkeit gequält und gefoltert. Jede einzelne ihrer Zellen flehte sie an umzukehren, aber sie presste die Lippen zusammen und vertrieb die beklemmende Angst mit einem Kopfschütteln. Sie konnte Mike nicht allein lassen.

»Wir sind gleich da.« Johns tiefe Stimme jagte einen Schauder über ihre Wirbelsäule.

Nervös beugte sie sich zur Seite und linste an ihm vorbei.

In einiger Entfernung zwischen den Bäumen kam eine Lichtung zum Vorschein, in deren Mitte die Umrisse eines Gebäudes erkennbar wurden.

Tracy verengte die Augen, doch die Sicht war noch zu schlecht, um mehr sehen zu können.

Je näher sie kamen, desto dünner wurde der Nebel, als wäre dieser Ort das Auge eines Hurrikans.

Am Waldrand hielt John an und senkte die Laterne. »Hier ist es.«

Wäre das die gebuchte Gruseltour gewesen, hätte es Tracy nicht überrascht, doch in dieser Situation vor solch einem Haus zu stehen, schockierte sie mehr als alle Horrorfilme zusammen.

Beim Anblick des uralten, einstöckigen Holz-
hauses wäre sie am liebsten sofort geflüchtet, doch
der Gedanke an Mike hielt sie eisern dort.

An den winzigen, rechteckigen Fenstern hingen
dunkle, mit Moos bedeckte Fensterläden. Alle
waren windschief und konnten in diesem Zustand
unmöglich geschlossen werden. Auf die Symmetrie
hatte hier niemand geachtet. Einige der ausge-
blichenen Dachschindeln fehlten oder krallten sich
gerade noch mit einer Ecke an den darunter-
liegenden Holzlatten fest. Überall an den Außen-
wänden schlangen sich vertrocknete Efeuranken
empor, an denen nur vereinzelte Blätter hingen.
Zur Eingangstür führte eine Veranda, deren Balken
ebenfalls moosig überzogen waren. Auf der rechten
Hausseite prangte eine gefüllte Holzlege, über der
ein Kabel – wahrscheinlich für den Strom – direkt
ins Haus führte.

Gespenstisch lag das Gebäude in der Dämmerung
vor ihnen, umgeben von einzelnen, wabernden
Nebelschlieren. Durch die kleinen Fenster im Erd-
geschoss drang Licht. Der goldene Schein gelangte
nur spärlich durch die schmutzigen Scheiben und
wirkte dadurch noch unheimlicher. Tracy wurde
das Gefühl nicht los, dass das Haus sie beobachtete.

Sie erschauderte. Ob John hier lebte? Nervös sah
sie sich um und ihr Blick fiel auf einen Schotterweg, der schräg hinter dem Gebäude durch den

Wald führte. Erleichtert stieß sie die Luft aus. Zumindest konnte der Krankenwagen sie über diese Zufahrt hier abholen.

»Wunderschön.« Erschrocken zuckte Tracy zusammen. John stand auf einmal direkt neben ihr und musterte sie mit seinen dunklen, unergründlichen Augen. »Gefällt es Ihnen nicht?«

»Doch«, erwiderte sie schnell. »So … idyllisch.« Auf keinen Fall wollte sie es riskieren, diesen Mann zu verärgern. Wer weiß, was dann geschehen würde.

Ein zufriedenes Lächeln erschien auf seinen Lippen. »Kommen Sie.«

Tracy schluckte schwer und folgte ihm zur Veranda. Sie hatte das Gefühl, dass jeder falsche Kommentar sie das Leben kosten könnte.

Die Stufen der schmalen Treppe knarzten unter Johns Gewicht, als er vor ihr hinaufging. Es klang beinahe wie das schmerzhafte Stöhnen ihrer Großmutter am Sterbebett. Tracys Muskeln waren bis aufs Äußerste angespannt.

Kaum hatte sie die letzte Stufe erreicht, wurde die Eingangstür geöffnet und eine junge Frau erschien im Türrahmen.

Erstaunt blinzelte Tracy.

Ihr Gegenüber schien nicht älter als neunzehn Jahre zu sein und die langen, blonden Haare waren so hell, dass sie selbst in diesem gedämpften Licht zu leuchten schienen. War das etwa Johns Enkelin?

Mit großen, graublauen Augen musterte die junge Frau Tracy, als würde sie etwas in ihr suchen, dann erschien ein breites Lächeln auf ihrem Gesicht.

»Sie müssen Ms Grant sein. Ich bin Martha. Kommen Sie doch herein.« Sie trat beiseite.

Zögernd folgte Tracy John, der wortlos an ihr vorbei ins Haus stapfte.

Das Erste, was ihr auffiel, war der modrige Geruch, der das Foyer ausfüllte und perfekt zur Einrichtung passte. Die Tür auf der rechten Seite stand offen und gab den Blick auf eine kleine Küche frei, deren Arbeitsplatte überall schwarze Schimmelspuren aufwies. Zwischen den Tellern und Tassen, die in schiefen Regalen an der Wand befestigt waren, zogen sich Spinnennetze wie Zuckerwatte entlang. In dieser Küche hatte seit Ewigkeiten niemand mehr gekocht.

Angewidert hob Tracy eine Hand vor den Mund und ließ den Blick über die dunkle Holztreppe vor ihr schweifen, die in den ersten Stock führte und jeder brüchigen Hängebrücke alle Ehre machte.

»Kommen Sie.« Martha deutete nach links ins Wohnzimmer, woraufhin Tracy zögernd eintrat.

In der Mitte des Raumes befand sich eine staubige, jagdgrüne Sitzgarnitur. Genau wie in der Küche war alles schmutzig und heruntergekommen. Immer wieder fragte sich Tracy in Gedanken, wie die Familie hier nur leben konnte.

»Es ist so schön, Sie kennenzulernen.« Die Augen der jungen Frau leuchteten begeistert. »Wie wäre es mit einer Tasse Tee?«

»Hör auf mit diesem Schwachsinn, Martha«, mischte sich John ein, woraufhin sie trotzig das Kinn reckte.

»Aber das gehört sich so. Respekt ... Hast du das etwa vergessen?«

Kopfschüttelnd verdrehte er die Augen.

»Äh ... vielen Dank für das nette Angebot«, unterbrach Tracy zögerlich das Familiengespräch. »Aber ich würde zuerst gern nach meinem Verlobten sehen.«

Für den Bruchteil einer Sekunde starrte Martha sie entgeistert an, dann huschte ihr Blick zur Treppe. »Leider schläft er im Moment.«

Obwohl Tracy diese Reaktion seltsam vorkam, rang sie sich ein freundliches Lächeln ab. »Ich bin sicher, er hat nichts dagegen.«

Martha nahm einen tiefen Atemzug. »Aber er ist erschöpft und braucht ein bisschen Ruhe.«

»Ich möchte ihn trotzdem sehen.« Tracy verschränkte die Arme vor der Brust, um ihrer Aussage mehr Nachdruck zu verleihen.

Die junge Frau lächelte besänftigend. »Natürlich, das verstehe ich ... aber gönnen Sie ihm noch ein wenig Schlaf. Der Krankenwagen müsste ohnehin bald hier sein.«

Irritiert runzelte Tracy die Stirn. Irgendetwas stimmte hier nicht. »Wollen Sie mich etwa nicht zu ihm lassen?«

»Nein, nein.« Martha winkte ab. »Das haben Sie falsch verstanden. Wir versuchen doch nur, Ihnen zu helfen.«

Tracy dachte an Mike, an seine mögliche Verletzung, und trat dann einen Schritt auf sie zu. »Indem Sie mich von meinem Verlobten fernhalten?«

»Was soll der Mist?« John schüttelte den Kopf und seufzte genervt. »Lass Sie doch endlich nach oben, verdammt.«

»Aber ich möchte vorher mit ihr sprechen«, erwiderte Martha verärgert.

»Das ändert nichts. Extrapunkte gibt's nicht.«

Mit jeder Sekunde, die Tracy in diesem Haus verbrachte, wurden ihr die beiden suspekter.

Trotzdem bemühte sie sich, höflich zu bleiben. »Hören Sie auf Ihren Großvater, Martha.« Überrascht hob die junge Frau die Augenbrauen. »Ein Vorschlag. Ich sehe kurz nach meinem Verlobten und dann unterhalten wir uns, bis der Krankenwagen kommt.«

Angewidert verzog Martha das Gesicht. »John ist nicht mein Großvater. Das wäre widerlich.«

Erstaunt blickte Tracy zwischen den beiden hin und her. »Oh, das … tut mir leid, ich …«

Alles in ihr zog sich zusammen und warnte sie vor diesem seltsamen Paar. Sie spürte, dass sie hier schnellstmöglich wegmusste.

Doch nicht ohne Mike.

Sie drückte den Rücken durch. »Ich werde jetzt nach meinem Verlobten sehen.« Damit verließ sie das Wohnzimmer.

Kurz vor der Treppe versperrte Martha ihr den Weg. »Augenblick noch. Es wäre wirklich besser für Sie, wenn wir uns zuerst unterhalten würden.«

Entsetzt starrte Tracy die junge Frau an. Die Angst hämmerte nun so heftig gegen ihr Inneres, dass sie sie nicht mehr unterdrücken konnte. Was wollten diese Leute von ihr? Hatten sie Mike etwas angetan?

Anstatt sie zu lähmen, verlieh ihr die Furcht neuen Mut. Tracy biss die Zähne zusammen und ballte die Fäuste. »Gehen Sie mir aus dem Weg!« Energisch schob sie sich an Martha vorbei und rannte die Treppe nach oben. »Mike? Ich bin hier! Wo bist du?«

Im oberen Stockwerk befanden sich drei weitere Räume. Eine der Türen stand offen. Ein schwaches Licht erhellte das Innere.

Hastig lief sie hinein und erstarrte mitten in der Bewegung.

Entsetzt schlug Tracy die Hände vor den Mund und wich zurück.

Ein erstickter Schrei drang über ihre Lippen. Was sie dort sah, katapultierte sie schlagartig in ihre schlimmsten Albträume.

Der Raum

Auf einem rostigen Metallbett in der Mitte des Zimmers lag Mike auf dem Rücken. Seine Augen waren geschlossen, die Haut blutleer und fahl. Doch das war es nicht, was sie vor Entsetzen aufkeuchen ließ.

Eine tiefe, offene Wunde klaffte an seinem Oberschenkel, glänzte im schummrigen Licht einer vergilbten Nachttischlampe, die neben dem Bett auf einem schiefen Holztischchen stand. Unaufhörlich sickerte Blut aus der Verletzung und tränkte das vergilbte Bettlaken unter ihm.

Tracy überwand ihre Starre und stürzte nach vorn, da schob sich John blitzschnell an ihr vorbei, baute sich vor ihr auf. »Wir sollten das in Ruhe klären.«

»In Ruhe?«, schrie sie ihn an. »Er stirbt, wenn wir ihm nicht helfen!« Energisch trat sie einen

Schritt auf den alten Mann zu. Ihr Körper bebte vor Wut und Angst. »Aus dem Weg oder ich hetze Ihnen die Polizei auf den Hals!«

Damit zwängte sie sich an dem Breitschultrigen vorbei und eilte zu Mike. Mit einem Ruck zog sie ihren Gürtel aus der Jeans. »Es wird alles gut. Ich werde dein Bein abbinden.«

»Es ist zu spät«, erklang Marthas Stimme hinter ihr, doch Tracy wandte sich nicht um.

»Wir müssen Erste Hilfe leisten, bis die Sanitäter kommen«, erwiderte sie bestimmt.

»Das wird nicht geschehen.«

Panik erfasste Tracy wie ein kalter Windstoß im Herbst und sie erstarrte. Die ganze Zeit hatte sie es geahnt, aber immer wieder alle Ängste über Bord geworfen. Jetzt war es zu spät. Sie waren tatsächlich in dem Haus zweier Psychopathen gelandet.

Aufgeregt wirbelten ihre Gedanken durcheinander, sodass sie keinen einzelnen mehr fassen konnte. Sie sah in Mikes blasses Gesicht.

Nein! Sie würde ihn nicht verbluten lassen.

Entschlossen griff Tracy oberhalb der Wunde an sein Bein und riss erschrocken die Augen auf, als ihre Hand widerstandslos hindurchglitt.

Sie versuchte es erneut. Erfolglos.

»Was zum …« Ihre Atmung ging so schnell, dass sie kurz davor war, zu hyperventilieren. Was geschah hier?

Wieder und wieder musste Tracy erleben, wie ihre Finger durch seinen Körper fuhren, als wären sie aus Luft.

Verstört taumelte sie zur Seite. Das war nicht möglich!

»Sie können nichts mehr für ihn tun.« John trat von hinten an sie heran und legte ihr eine Hand auf die Schulter. »Wir erklären Ihnen alles.«

Panisch wich sie zurück. »Nein!«

Martha deutete zu Mike. »Seine Reise ist zu Ende. Sehen Sie doch selbst.«

Tracy folgte ihrem Blick und musste mitansehen, wie sein Kopf in diesem Moment leblos zur Seite sank. Der letzte Hauch an Leben war nun aus seinem Körper verschwunden.

Tränen stiegen ihr in die Augen, während sie am ganzen Leib zitterte. Mike war tot.

Ohne nachzudenken rannte Tracy an den beiden Mördern vorbei, stürzte die Treppe nach unten Richtung Eingang. Sie musste hier raus.

»Sie kommen hier nicht weg.« Johns tiefe, monotone Stimme hallte von den Wänden wider, doch Tracy ließ sich nicht aufhalten.

Schnurstracks lief sie auf die Haustür zu. Kaum hatte sie die Finger nach dem Knauf ausgestreckt, glitten diese mittendurch und sie stolperte durch die geschlossene Tür auf die Veranda. Überrascht rappelte sie sich auf, schob die Fassungslosigkeit beiseite und hetzte ohne zu zögern weiter.

Der Schotterweg! Er war ihre einzige Chance, hier lebend herauszukommen.

Mittlerweile war es dunkel geworden. Das schwache Licht, das durch die Fenster schien, beleuchtete die Umgebung des Hauses gerade gut genug, um den Weg hinter dem Haus zu finden.

Obwohl Tracy all ihre Kräfte mobilisierte, hatte sie überraschenderweise nicht das Gefühl, außer Puste zu sein. Ihre Oberschenkel hätten längst vor Anstrengung brennen müssen. Sie vertrieb die Gedanken aus ihrem Kopf und lief weiter. Jetzt war nicht der richtige Zeitpunkt, um darüber nachzudenken.

Je weiter sie sich vom Haus entfernte, desto dichter wurde der Nebel. Bald war sie von der zähen, grauen Masse umschlossen, als würde sie Tracy packen und nie mehr loslassen wollen.

Trotzdem gab sie nicht auf, rannte weiter um ihr Leben. Sie durfte jetzt nicht aufgeben. Das war sie Mike schuldig. Er hätte gewollt, dass sie entkam.

Tränen verschleierten ihr die Sicht und sie schluchzte in die Dunkelheit, stolperte immer weiter den Weg entlang.

Nach einer gefühlten Ewigkeit lichtete sich der Dunst und ein warmes, goldenes Licht schimmerte ihr entgegen.

Endlich! Sie schniefte erleichtert und wischte sich über die Augen.

Doch als Tracy erkannte, was sich hinter dem Nebel befand, schrie sie erschrocken auf.

Das Haus der Psychopathen stand dort und wartete auf sie. Durch den Schein der Lampe, der verschwommen durch die beschlagenen Scheiben drang, wirkten die kleinen Fenster wie böse Augen, die sie lauernd beobachteten.

War sie etwa im Kreis gelaufen?

In diesem Moment schwang die Tür auf und Martha trat heraus. »Tun Sie sich selbst einen Gefallen und hören Sie auf wegzulaufen.«

Langsam kam sie, gefolgt von John, die Stufen der Veranda herunter. Panisch sah sich Tracy um.

War nicht neben dem Haus ein kleiner Schuppen gewesen? Vielleicht fand sie dort etwas, um sich zu verteidigen?

Eilig stürzte sie los, auf die andere Seite des Gebäudes. Nur wenige Meter daneben befand sich, was sie suchte. Hektisch rannte sie auf die Holztür zu und stolperte geradewegs hindurch.

Orientierungslos blieb Tracy stehen, als die Schwärze der Finsternis sie empfing. In ihrem Kopf tobte ein Orkan.

Immer wieder blitzten Bilder von Mike vor ihrem inneren Auge auf. Sein blasses Gesicht, die blauen Lippen und der Moment, als ihre Hand durch ihn hindurchgeglitten war. Was hatte das zu bedeuten?

»Tracy? Wir kommen jetzt zu Ihnen hinein.«

»Ist das immer so mit den Menschen, John?« Die Verwirrung in Marthas Stimme war nicht zu überhören.

»Gewöhn dich dran. Sie laufen oft hier herum wie Irre. Aber wir müssen liefern.«

»So habe ich mir das nicht vorgestellt.« Martha seufzte laut.

Die Tür wurde geöffnet und eine Lampe an der Decke flackerte auf. Tracy blinzelte. Kaum hatten sich ihre Augen an die Helligkeit gewöhnt, wich sie entsetzt zurück, bis sie mit dem Rücken gegen die Holzwand stieß.

Auf der gegenüberliegenden Seite des heruntergekommenen Raumes lag ein lebloser Körper auf dem Boden.

»Sehen Sie hin.« Johns tiefe Stimme griff nach ihrer Seele, zog erbarmungslos daran, bis sie mit zusammengepressten Lippen über den staubigen Boden kroch und sich der Leiche langsam näherte.

Die langen, kastanienbraunen Haare der Toten klebten an einer klaffenden Kopfwunde, die Kleidung war schmutzig und an einigen Stellen zerrissen. In ihrem Gesicht prangten die Rückstände von Blessuren und Kratzern.

Als die Erkenntnis sie traf, wichen auf einmal alle Emotionen aus Tracys Innerem und sie verspürte nur noch Leere.

Sie wollte schreien, die Augen zukneifen, weglaufen, doch nichts davon war ihr in diesem Moment möglich.

Die Boten

Tracy war tot.

Die ganze Zeit über hätte sie es sehen müssen. Alle Anzeichen hatten sie nach dem Sturz begleitet. Die schreckliche Kälte, die unaufhaltsam durch ihren Körper kroch, ihn wie ein dichtes Spinnennetz einspann, und Mike, den sie nicht anfassen konnte.

Während er sich verzweifelt an das Leben geklammert hatte, lag ihr lebloser Körper wenige Meter von ihm entfernt in diesem Schuppen.

Erschöpft vergrub sie das Gesicht in den Händen, zuckte zurück und betrachtete ihre Finger, als wären sie ihr plötzlich fremd. Sie konnte keinen Unterschied feststellen.

»Bin ich … ein Geist?«

Johns tiefes Lachen erfüllte den Raum. »Ja, so etwas in der Art.«

Verwirrt legte sie sich eine Hand auf die Brust. »Aber ich atme und fühle die Kälte auf der Haut.«

»Das, was Sie wahrnehmen, ist eine Mischung aus Ihren Erinnerungen, Ihren Gewohnheiten und Ihrer Seele«, fügte Martha hinzu. »Wir hätten es Ihnen früher erklärt, doch Sie wollten uns nicht zuhören.«

»Aber … wie?« In Sekundenbruchteilen rauschten die Bilder der vergangenen Stunden durch ihre Gedanken und kamen abrupt bei dem Abhang im Wald zum Stillstand. Tracy hatte den Sturz nicht überlebt. Die Schmerzen, die sie gespürt hatte, waren nur das Abbild ihrer menschlichen Wahrnehmung gewesen.

Martha legte ihr eine Hand auf die Schulter, genau wie John es im Zimmer bei Mike getan hatte. »Anfangs ist es schwer zu akzeptieren, doch das wird sich schnell legen, glauben Sie mir.«

Tracy sah auf und blickte direkt in ihr porzellanartiges Gesicht. »Sind Sie auch …?«

Sie lächelte amüsiert. »Ja und nein.«

»Aber Sie können mich berühren«, stellte Tracy erstaunt fest. »Wie ist das möglich?«

John zuckte die Schultern. »Betrachten Sie uns als …«

»… Helfer«, beendete Martha hastig seinen angefangenen Satz.

Irritiert runzelte Tracy die Stirn. »Das verstehe ich nicht.«

»Lassen Sie uns ins Haus zurückkehren. Dort erklären wir Ihnen alles in Ruhe.« Die junge Frau warf ihr einen aufmunternden Blick zu, richtete sich auf und reichte ihr die Hand.

Unsicher biss sich Tracy auf die Unterlippe. Noch immer tobten Zweifel in ihrem Inneren und krallten sich fest in ihren Verstand, als wären sie mit ihm verwoben.

Konnte sie den beiden trauen?

Zögernd erhob sie sich und schlang schützend die Arme um den Oberkörper. »Was ist mit meinem Verlobten? Sie haben ihn sterben lassen.«

John schnaubte und warf seiner Begleitung einen mahnenden Blick zu. »Die Zeit, Martha.«

Sie verdrehte seufzend die Augen.

Vorsichtig, als wäre Tracy ein scheues Reh, näherte sie sich ihr. »Ms Grant, ich weiß, wie das für Sie aussieht, aber für Ihren Verlobten kam jede Hilfe zu spät. Glauben Sie uns, wir spüren, wann ein Leben zu Ende geht. Wir hätten nichts mehr tun können, als ihn an einen sicheren Ort zu bringen.«

Ihr sanfter, liebevoller Tonfall umhüllte Tracy auf einmal wie eine wärmende Decke. All die Sorgen schienen sanft hinter einem Nebelschleier zu verschwinden.

Was konnte schon geschehen, wenn sie den beiden zuhörte? Sie war bereits tot.

Da schoss ihr plötzlich ein Gedanke durch den Kopf und riss sie grob zurück in die Klarheit. »Was ist mit Mike? Ist er jetzt auch ein …«

John nickte.

»Wo ist er?«

Ein Lächeln schlich sich auf Marthas Gesicht. »Bestimmt im Haus. Er sucht sicher schon nach Ihnen.«

Bei dem Gedanken, Mike wiederzusehen, schrie Tracys Sehnsucht auf. »In Ordnung. Gehen wir, aber ich will für alles eine Erklärung.«

»Selbstverständlich.« Erleichtert atmete Martha auf und schob John eilig aus dem Schuppen.

Tracy folgte den beiden um das Gebäude herum. Kaum kam die Veranda in ihr Blickfeld, schnellte ihr Argwohn mit voller Wucht zurück.

Die Eingangstür stand weit offen und die Schatten, die das flackernde Licht auf die Veranda warf, kamen ihr auf einmal vor wie riesige Krallen, die sich nach ihr ausstreckten. Bei jeder Stufe, die Tracy hinaufstieg, zog sich ihr Inneres mehr zusammen, als würden sich ihre Eingeweide im hintersten Teil des Körpers verstecken wollen.

Sollte sie ihrem Instinkt vertrauen und das Haus lieber nicht mehr betreten?

In diesem Moment erschien eine Person am oberen Treppenabsatz und sie stockte.

Mit weit aufgerissenen Augen starrte sie ihr entgegen. In diesem Moment verpufften Tracys Zweifel und sie lief an Martha und John vorbei ins Haus.

Vereint

»Wo sind wir?« Stirnrunzelnd sah sich Mike um.

Tracy eilte die Treppe nach oben und zog ihn erleichtert in die Arme. In diesem einen Augenblick waren ihre Ängste unendlich weit weg. Er war hier und zusammen würden sie alles überstehen.

»Tracy … Was ist passiert?«

Langsam löste sie sich von ihm und sah ihn mitfühlend an. Das, was sie Mike jetzt zu sagen hatte, war nicht leicht zu verdauen.

»Du … wir … hatten einen Unfall.« Sie stockte.

»Was? Aber der Lastwagen hat uns nicht erwischt.« Wie immer, wenn er irritiert war, fuhr er sich durch die Haare.

Tracy schluckte schwer. Wie sollte sie ihm erklären, was mit ihnen geschehen war?

»Du bist im Nebel einen Abhang hinuntergestürzt. Als ich dich gesucht habe, ist mir dasselbe passiert.« Bei diesen Worten fiel ihr Blick unweigerlich auf Mikes Oberschenkel, der vorhin stark geblutet hatte. Überrascht stellte sie fest, dass von der Wunde nichts mehr zu sehen war.

»Ich verstehe das nicht. Was ist das für ein Haus? Und wie sind wir hergekommen?«

Beruhigend strich sie ihm über den Arm. »Du warst bewusstlos. John hat dich zufällig gefunden und hergebracht.« Sie deutete auf den alten Mann am Fuße der Treppe. »Nachdem du ihm von mir erzählt hast, ist er noch einmal losgegangen, um nach mir zu suchen.«

Mike kratzte sich am Kopf. »Aber ich sehe ihn zum ersten Mal.«

Die Überzeugung in seinen Worten ließ Tracy aufhorchen. Langsam kroch die Kälte wieder zurück in ihren Verstand. Es gab nur zwei Möglichkeiten. Entweder hatte Mike eine Art Gedächtnisverlust durch den Sturz erlitten oder Martha und ihr Mitbewohner …

»Sie sind tot«, unterbrach John energisch ihre Gedanken und sie zuckte zusammen.

»Das war unhöflich.« Die junge Frau trat näher an die Treppe heran. »Entschuldigung, er ist manchmal etwas … direkt. Allerdings hat er recht mit seiner Aussage.«

Fassungslos starrte Mike die beiden Hausbewohner an. »Wer sind Sie, verdammt? Und was soll dieser Schwachsinn?«

»Ich verstehe, dass Sie verwirrt sind, Mr Koller. Sie waren bewusstlos, als John Sie gefunden hat«, erklärte Martha. »Er brachte Sie hierher, genau wie kurz darauf ihre Verlobte, von der Sie uns später erzählt haben. Leider war es für Sie beide zu diesem Zeitpunkt bereits zu spät.« Sie lächelte beruhigend. »Kommen Sie doch herunter und lassen uns alles in Ruhe erklären.«

Die Wahrscheinlichkeit, dass Mike unter Schock stand und sich deshalb nicht an das Gespräch erinnern konnte, kam Tracy auf einmal plausibel vor. Im Moment war er mit der Situation überfordert genau wie sie. In ihrem Inneren tobten noch immer die verschiedensten Gefühle. Was sie jetzt brauchten, waren Antworten.

»In Ordnung.« Mit diesen Worten nahm sie Mikes Hand und zog ihn die Treppe hinunter.

Martha nickte erfreut und führte sie ins Wohnzimmer. »Ich denke, wir fangen damit an, Ihnen zu beweisen, dass John die Wahrheit gesagt hat.« Sie deutete auf ein altes Hirschgeweih an der Wand, das überall mit Staub und Spinnweben bedeckt war. »Mr Koller, heben Sie das bitte herunter.«

Irritiert sah Mike zu Tracy, die ihm auffordernd zunickte. Langsam trat er vor und griff nach dem Geweih. Als seine Finger sanft hindurch glitten, wich er erschrocken zurück. »Was zum ...«

Sofort war Tracy bei ihm und legte beruhigend eine Hand auf seinen Rücken. »Es ist wahr, Mike.«

Sie schluckte schwer. »Wir haben den Absturz nicht überlebt.«

Fassungslos starrte er sie an, dann lief er zu einem kleinen Beistelltisch und griff hektisch nach dem gusseisernen Kerzenständer, der sich darauf befand. Ohne Erfolg.

»Aber …« Er wirbelte zu Tracy herum. »Dich kann ich doch auch anfassen, genau wie du mich.«

»Das kommt daher, weil Sie beide tot sind«, erklärte Martha.

Bei ihren Worten tauchten die unzähligen Fragen wieder in Tracys Kopf auf. »Was sind Sie genau? So etwas wie ein Medium?«

»Ein schönes Wort.« Martha kicherte leise und strich sich eine Haarsträhne aus dem Gesicht. »Das ist schwer zu erklären. Wir spüren es, wenn der Tod naht und leiten Menschen, deren Ende feststeht. Das ist unsere Aufgabe.«

Tracy runzelte die Stirn. »Ihre Aufgabe? Wer sagt Ihnen, was Sie tun sollen? Etwa Gott?«

Martha hob die Augenbrauen, doch bevor sie antworten konnte, packte John sie energisch am Arm. »Schluss mit diesem Mist, Martha. Willst du etwa deinen alten Job zurück?«

Die junge Frau reckte das Kinn. »Auf keinen Fall.«

John brummte zufrieden. »Dann los. Wir haben nur ein kleines Zeitfenster.«

Mike bedachte die beiden mit einem misstrauischen Blick. »Was soll das heißen?«

»Er spricht von Ihrem Übergang.« Die Art, wie Martha diese Worte aussprach, mit einer bizarren Mischung aus Mitleid und Vorfreude, hinterließ ein mulmiges Gefühl bei Tracy, doch ehe sie weiter darüber nachdenken konnte, trat John auf sie zu und baute sich bedrohlich vor ihnen auf.

»Folgen Sie uns in den Keller.« Der winzige Funken Freundlichkeit, der seit dem Eintreffen im Haus ab und zu über sein Gesicht gehuscht war, war nun gänzlich verschwunden.

Mike schob Tracy hinter sich und verschränkte die Arme vor der Brust. »Wofür? Ohne eine ausführliche Erklärung gehen wir nirgendwo hin.«

John seufzte. »Das dachte ich mir schon.«

Er griff unter seinen Mantel und zog einen altmodischen Revolver hinter dem Rücken hervor. »Und wie sieht es jetzt aus?«

Schockiert blickte Tracy in den Lauf der Schusswaffe. Alles an ihr war starr vor Angst. »Aber … Ich dachte, Sie wollen uns helfen?«

Der alte Mann zuckte die Schultern. »Das ist leider nur die halbe Wahrheit, Ms Grant. Aber das ahnten Sie ja bereits, richtig?«

Tracys Umgebung begann zu flimmern, als stünde sie direkt in einem mächtigen Feuer. All die Zweifel und das ungute Gefühl kamen mit solch einer Wucht zurück, dass sie Mühe hatte, sich auf den Beinen zu halten. Martha und John hatten sie von Anfang an belogen. Hatten sie in dieses Haus gelockt und …

»Ist das Ihr Ernst?« Mikes Stimme riss sie aus ihren Gedanken. »Vor ein paar Minuten erzählen Sie uns, dass wir tot sind und jetzt bedrohen Sie uns mit einem Revolver?«

Ein Funken Hoffnung durchflutete ihren Körper und sie horchte auf. Er hatte recht. Geister konnten nicht erschossen werden. Was sollte das Ganze dann?

John verzog das Gesicht zu einem amüsierten Lächeln, das durch die tiefen Falten geradezu dämonisch wirkte.

»Gar nicht dumm, die beiden.« Er sah zu Martha. »Die meisten lassen sich damit einschüchtern.«

Die junge Frau stand in einigem Abstand zu ihnen und beobachtete die Situation. Seit Johns energischem Eingreifen hatte sie kein Wort mehr gesagt, doch ihr Gesichtsausdruck verriet ihr gespanntes Interesse.

Noch immer hielt der alte Mann den Revolver auf Mike gerichtet.

»Könnten Sie dann bitte die Waffe herunternehmen?« Überrascht stellte Tracy fest, dass ihre Stimme deutlich kräftiger klang als erwartet.

Doch anstatt auf ihren Wunsch einzugehen, schüttelte John langsam den Kopf. »Das werde ich nicht tun, Ms Grant. In dieser Trommel befinden sich spezielle Kugeln. Ich kann Sie vielleicht nicht töten, Ihnen damit jedoch höllische Schmerzen zufügen. Und jetzt los.«

Er deutete zu Martha, die bereits im Flur auf sie wartete.

Tracy schluckte schwer. Die Überzeugung, die in seiner Aussage mitschwang, umklammerte ihre Hoffnung und quetschte sie wie ein Schraubstock unaufhörlich zusammen.

Es war sinnlos. Sie waren gefangen in einem Albtraum, aus dem es kein Erwachen gab. Sie trat einen Schritt vor, da hielt Mike sie zurück. »Warte. Kugeln, die Geister verletzen? Das ist Schwachsinn.«

»Hör auf«, flüsterte sie nervös. »Das bringt doch nichts.«

»Nein«, erwidert er entschieden. »Ich wache auf und erfahre, dass wir nicht mehr am Leben sind und diesen Fremden vertrauen sollen. Wir sind tot, Tracy, und können selbst bestimmen, was wir tun. Und ich sag dir eins, wir werden jetzt von hier verschwinden.«

Traurig sah sie ihn an. »Das geht nicht.«

»Warum nicht?«

»Ich habe es versucht. Die Lichtung hält uns hier fest. Wir sind gefangen.«

»Ihre Verlobte hat recht.« Ein triumphierendes Lächeln breitete sich auf Johns Gesicht aus, während er den Lauf des Revolvers noch immer auf ihn richtete. »Hören Sie auf sie. Das ist meine letzte Warnung.«

Einen Augenblick starrte Mike den alten Mann schweigend an, dann schüttelte er energisch den Kopf. »Wir werden nicht mit Ihnen gehen.«

Tracy hätte schwören können, ein amüsiertes Schmunzeln auf Johns Gesicht zu sehen.

Dann hallte ein ohrenbetäubender Knall durch den Raum.

Das Tor

Entsetzt starrte Tracy auf Mikes Bauch, in dem ein etwa daumendickes, schwarzes Loch prangte. Doch anstelle von glänzend rotem Blut stieg eine dunkle Rauchwolke daraus hervor. Stöhnend krümmte er sich zusammen und fiel auf die Knie.

Hastig sank sie zu Boden, um ihn zu stützen. »O Gott, Mike!«

Panik griff nach ihrem Inneren, kroch quälend über ihren Nacken. John hatte nicht gebluﬀt.

Verzweifelt presste sie die Zähne zusammen und sah zu ihm auf. »Was haben Sie getan?«

Vorwurfsvoll hob er die buschigen Augenbrauen. »Ich habe Sie gewarnt. Aber keine Sorge, er wird's überleben.« Ein tiefes Lachen drang aus seiner Kehle und erschütterte Tracys Körper.

Sie blickte zu Martha, die immer noch schweigend im Hintergrund stand, ein Schmunzeln auf den Lippen.

»Helfen Sie uns doch«, brach es aus Tracy heraus. »Bitte!«

Johns Lachen wurde lauter, aber sie hielt den Blick fest auf die junge Frau gerichtet.

Doch Martha zuckte nur die Schultern.

Die Fassungslosigkeit, die sich daraufhin tief in Tracys Seele fraß, zerstörte alles, an das sie jemals geglaubt hatte. Sie ballte die Hände zu Fäusten, wollte schreien, um sich schlagen, davonlaufen. Doch sie tat nichts von alldem, starrte nur resigniert auf den Boden vor sich.

Da erhob sich Mike ächzend und sie blickte auf. »Sie wird … uns nicht retten. Sie ist auf seiner Seite.« Traurig sah er sie an, bevor er die Worte aussprach, die sich tief in ihrem Inneren bereits eingenistet hatten. »Es ist … vorbei, Tracy.«

Jegliche Wärme war aus seinen Augen verschwunden. Er spannte die Kiefermuskeln an und schleppte sich gebeugt in Richtung Flur.

Ein eisiger Schauder erfasste sie, krallte sich in ihr fest wie eine Bärenfalle.

Mike hatte endgültig aufgegeben.

Tränen liefen ihr über die Wangen, als Tracy ihm stumm zur Kellertreppe folgte. Mit jeder ächzenden Stufe zerbrach ihre letzte Hoffnung ein Stück weiter, bis nichts mehr davon übrig war.

Nur ein letzter tröstender Gedanke blieb, an den sie sich klammerte wie eine Ertrinkende an einen

Rettungsring. Was auch geschehen würde, Mike und sie waren zusammen.

Bereits auf den letzten Stufen stieg Tracy ein süßlich modriger Duft vermischt mit kaltem Rauch in die Nase, woraufhin sie sich angewidert eine Hand vor Mund und Nase hielt.

Kaum hatten sie den quadratischen Kellerraum betreten, erkannte sie, woher der ekelhafte Geruch stammte.

In allen vier Ecken hingen tote Kaninchen von der Decke. Genau wie im Schuppen an der Tankstelle. Der einzige Unterschied zu den frisch gehäuteten Tieren dort, war die Tatsache, dass der Verwesungsprozess dieser bereits eingesetzt hatte.

Schockiert stieß sie die Luft aus und richtete den Blick fest auf die gegenüberliegende Wand, an der sich schwarze Schimmelspuren wie bizarre Blumenranken entlangzogen.

Tracy erinnerte sich daran, wie sie ihrem Bruder beim Umzug geholfen hatte, als klar wurde, dass dessen Vermieter Tom ein schwerwiegendes Schimmelproblem unterschlagen hatte.

Eine neue Tränenwelle überflutete sie. Der Gedanke, ihren Bruder, ihre Eltern und Freunde nie wieder zu sehen, schnürte ihr die Kehle zu.

»Was ist das?« Mikes Flüstern dicht an ihrem Ohr riss sie schließlich zurück in den furchterregenden Kellerraum.

Bis auf die armen Kaninchen, war der Kellerraum leer, doch es gab noch etwas, das ihre Aufmerksamkeit auf sich zog.

Auf dem unebenen Betonboden war ein großer,
roter Kreis aufgemalt, in dessen Mitte ein fremd-
artiges, verschlungenes Zeichen prangte.

»Oh mein Gott.« Tracys Stimme zitterte und sie
griff nach Mikes Hand, der ihr einen besorgten
Blick zuwarf. Unwillkürlich wich sie ein paar
Schritte zurück und zog ihren Verlobten mit sich,
bis ihre Füße die Linien nicht mehr berührten.

»Das ist das Tor«, beantwortete Martha Mikes
Frage.

»Ein Tor? Wohin?« Schreckliche Bilder flammten
in ihrer Vorstellung auf. Brennende Landschaften,
verzweifelte Seelen, die unsägliche Qualen erleiden
mussten. War das etwa die Hölle?

Als hätte er ihre Gedanken gelesen, lachte John
auf. »Zur nächsten Ebene.«

»Was meinen Sie damit?« Die Angst in Mikes
Stimme war nicht zu überhören und fraß sich tief
in Tracys Innerstes.

Seit sie ihn kannte, hatte er sie immer beschützt.
Bei ihm hatte sie sich in jeder Situation sicher ge-
fühlt. Ihn so zu sehen, verletzt und voller Panik,
quälte sie mehr, als die Erkenntnis ihres Todes.

Der alte Mann antwortete nicht mehr und
Martha hob bedeutungsvoll die Hände, woraufhin
eine Art wabernde, durchsichtige Wand vor ihr aus

dem Boden schoss. Mit einer kraftvollen Bewegung schob die junge Frau sie von sich, direkt auf Mike und Tracy zu.

Bevor sie zurückweichen konnten, hatte sie das Gebilde umschlossen, eingehüllt wie ein Kokon, aus dem es kein Entrinnen gab.

»Tun Sie sich selbst einen Gefallen und berühren Sie nichts.« Martha deutete auf Mikes schwarzes Loch im Bauch. »Diese Schmerzen waren angenehm gegen das, was die Wand Ihnen antun würde«

Starr vor Entsetzen drängte sich Tracy dichter an ihren Verlobten, während John aus seinem Mantel mehrere Kerzenstummel zog und sie um den roten Bodenkreis positionierte.

»Sieht aus wie ein Ritual«, flüsterte sie.

Als er die Kerzen aufgestellt hatte, vollführte Martha eine ausladende Handbewegung. Ein kalter Wind frischte auf und Tracy erschauderte.

Wie durch eine unsichtbare Hand entzündeten sich die Dochte, aber anstelle des warmen, orangenen Lichtscheins züngelten die Flammen violett empor. Dann ging John zu einem der Kaninchen, zog einen Dolch aus seiner Manteltasche und trennte dem armen Tier den Kopf ab.

Angewidert verzog Tracy das Gesicht, als er sich auf diese Weise auch noch die anderen Tierköpfe holte.

Martha nahm sie entgegen, legte sie sorgfältig in die Mitte des fremdartigen Zeichens und schritt wieder aus dem Kreis.

Nun trat John vor die junge Frau. Mit der Klinge, die er noch immer in der Hand hielt, schnitt er ihr ein X auf die Stirn. Anders als bei Mikes Verletzung, quoll augenblicklich schwarzes Blut aus der Wunde und lief Martha über das Gesicht. Das schien sie jedoch nicht zu stören. Schweigend nahm sie ihrem Partner die Waffe ab.

Entsetzt beobachtete Tracy, wie Martha das Messer nun an seine Stirn setzte.

Gemeinsam wandten sie sich wieder dem Symbol auf dem Boden zu und murmelten dabei unverständliche Worte. Ihre blutüberströmten Gesichter glänzten dämonisch im Schein der violetten Flammen und die monotonen Stimmen machten Tracys Panik unerträglich.

Jetzt war sie sich sicher. Martha und John waren keine Seelenhelfer, sie arbeiteten weder für Gott noch irgendetwas Gutes. Sie waren die Boten des Teufels. Dämonen aus den tiefsten Abgründen der Hölle.

»Ich habe Angst, Mike«, wisperte sie.

Er drückte ihre Hand fester. »Ich werde dich niemals loslassen.«

Obwohl die Situation ausweglos war, wirkten seine Worte ein wenig beruhigend auf sie.

Plötzlich ertönte ein lauter Knall und sie fuhr zusammen.

Der Boden innerhalb des Kreises war verschwunden. An seiner Stelle klaffte ein tiefes, schwarzes Loch. Blitze durchzuckten die Dunkelheit und immer wieder brachen Silhouetten durch die Schwärze, bäumten sich auf und versanken wieder.

»Es ist so weit.« John näherte sich ihrem durchsichtigen Gefängnis.

»Warte«, mischte sich Martha ein und kam auf sie zu. »Lass mich das machen.«

Der alte Mann seufzte. »Sicher, dass du das kannst? Du weißt, dass du noch in der Probezeit bist.«

Die junge Frau nickte überzeugt und er trat ein paar Schritte zurück.

»Ihr werdet jetzt das Tor durchschreiten«, erklärte sie feierlich.

Fassungslos starrte Mike in die Tiefe. »Wir sollen da hineinspringen?«

»Auf der anderen Seite existiert dieses Loch nicht. Ihr braucht also keine Angst vor dem Fall zu haben.«

Tracy schluckte schwer. »Was ... was ist dort?«

Sie grinste breit. »Das, was ihr von Anfang an wolltet.« Eine weitere Handbewegung, schon war die wabernde Wand um sie herum verschwunden. »Danke, dass ihr meine ersten Seelen seid.«

Überrascht riss Tracy die Augen auf. »Aber …«

Doch es war zu spät.

Eine riesige Hand, die nur aus Schatten zu bestehen schien, erhob sich aus dem Loch. Mit einer schnellen Bewegung umschloss sie Mike und Tracy, quetschte sie brutal zusammen und riss sie mit sich in die Tiefe.

Gruseltour de luxe

Ein leiser Gesang weckte sie. Die hohe Stimme schien weit entfernt zu sein. Stöhnend rollte sich Tracy auf den Rücken und blinzelte, nur um im nächsten Moment erschrocken hochzufahren.

Panisch sah sie sich um, doch außer Finsternis war nichts zu erkennen. Die Schwärze war so allgegenwärtig, dass Tracy nicht einmal ihre Hand direkt vor dem Gesicht sehen konnte.

Wo war sie?

Ängstlich zog sie die Knie an und schlang die Arme fest darum. Es war schrecklich kalt an diesem Ort.

Bilder des Kellers blitzten vor ihrem inneren Auge auf. Martha mit blutverschmiertem Gesicht, das Loch im Kreis, die riesige Klaue, die nach ihnen griff und …

»Mike? Wo bist du?« Ihre Worte hallten durch das Dunkel, doch es kam keine Antwort.

War das die Hölle? War sie nun für immer allein in dieser allesfressenden Düsternis gefangen?

Vorsichtig tastete sie am Boden entlang, der sich feucht und schmierig anfühlte wie nasses Holz. Genau wie der alte Steg am See außerhalb der Stadt, an dem sie im Sommer oft schwimmen gingen.

Plötzlich erklang ein Geräusch und sie hielt inne. Schwere, schlurfende Schritte, die immer lauter wurden. Sie kamen direkt auf sie zu.

»Mike? Bist du das?« Ein winziger Hoffnungsschimmer keimte in ihr auf, doch das Schweigen der sich nähernden Person erstickte ihn qualvoll.

Das war nicht Mike.

Tracys Gedanken wirbelten umher wie ein viel zu schnelles Karussell. Starr vor Entsetzen presste sie die Lippen zusammen und hielt die Luft an.

Knapp vor ihr verstummten die Schritte.

»Wer ist da?« Tracys Stimme war nicht mehr als ein Flüstern.

Sie hörte den Atem über ihr. Rasselnd, ächzend, schwer.

Wie ein kleines Kind vergrub sie den Kopf zwischen den Knien, in der verzweifelten Hoffnung, nicht entdeckt zu werden.

Direkt hinter ihr klatschte jemand kräftig in die Hände.

Das war zu viel für Tracy.

Schreiend sprang sie auf und rannte panisch los. Es war ihr egal, dass sie nichts sah, sie wollte nur weg von dieser unheimlichen Gestalt. Ihre Schritte hallten durch die Dunkelheit und im Hintergrund wandelte sich der leise Gesang in ein helles, verzerrtes Lachen, das plötzlich aus allen Richtungen zu kommen schien.

Noch nie in ihrem Leben hatte Tracy solche Angst verspürt. Alles in ihr schrie, zog sich unaufhörlich zusammen, als würden ihre Organe zerquetscht werden. Trotzdem blieb sie nicht stehen. Immer weiter trieb die Panik sie durch die unendliche Finsternis.

Von einer Sekunde auf die nächste verstummte das Lachen.

Irritiert hielt Tracy an und lauschte in die unheimliche Stille, die jetzt die Umgebung beherrschte.

Weit entfernt blitzte etwas auf. Sie verengte die Augen und starrte angestrengt geradeaus. War dort hinten etwa ein Licht?

Zögernd setzte sie ihren Weg fort und erneut erhaschte sie einen Blick auf den hellen Punkt.

Ihre Schritte wurden schneller. Alles war besser, als diese beklemmende Düsternis.

Wenn Mike auch an diesem Ort war, würde er sicher dasselbe tun. Vielleicht wartete er dort bereits auf sie?

Der Gedanke an ihn trieb Tracy weiter an und je näher sie dem Schein kam, desto größer wurde er, bis sie schließlich die Umrisse einer mächtigen Tür erkannte.

Verwirrt blieb sie davor stehen. Wie aus dem Nichts ragte sie inmitten der Schwärze empor. Wie war das nur möglich?

Fieberhaft überlegte Tracy, ob sie durch die geschlossene Holztür gehen sollte. Womöglich lag etwas Schreckliches dahinter und wartete nur auf ihre Dummheit. Doch was, wenn Mike sich dort befand?

Sie schluckte schwer, bevor sie die zitternden Finger nach der rostigen Klinke ausstreckte. Überrascht stellte sie fest, dass ihre Hand diesmal nicht hindurch glitt. Vorsichtig schob sie die Tür auf und trat hindurch.

Vor ihr lag ein großzügiger, leerer Raum, der von einem pompösen Kristallleuchter an der Decke erhellt wurde. Kaum war Tracy eingetreten, ertönte ein lauter Knall hinter ihr und sie wirbelte herum.

Der Durchgang war verschwunden. An seiner Stelle erstreckte sich nun eine vergilbte, nackte Wand. Tracy war gefangen.

Erschrocken hielt sie die Luft an, da fing ihre Umgebung plötzlich an zu wabern. Nach und nach verschwamm sie zu einem grauen Strudel und Tracy musste den Blick abwenden, um den aufkommenden Schwindel zu verdrängen.

Blinzelnd rieb sie sich die Augen.

Das Zimmer hatte sich verändert. Was jetzt vor ihr lag, erschütterte sie bis ins Mark.

Die Umgebung kam ihr schockierend bekannt vor. Unwillkürlich erfasste sie ein heftiges Zittern. Das konnte doch nicht …

Keuchend wich sie zurück und stieß dabei mit dem Rücken an eine kalte Wand.

Es gab keinen Zweifel – sie stand am Anfang des düsteren Korridors aus ihrem Albtraum.

Hektisch ließ sie den Blick über das Muster der Tapeten, die verschnörkelten Deckenverzierungen und die unheimlichen Ölgemälde an beiden Seiten des Ganges gleiten. Die ernsten Gesichter wirkten diesmal wie böse Fratzen, einige lächelten sogar, als würden sie sich über sie lustig machen.

Als ihr ein Portrait etwas weiter hinten auffiel, wurde ihr Mund auf einmal ganz trocken. Nur mit Mühe konnte sie die Zunge vom Gaumen lösen.

Martha starrte ihr von dem Bild entgegen, eine Augenbraue kaum merklich gehoben und ein triumphierendes Lächeln auf den Lippen.

Ein eisiger Schauder erfasste Tracy. Sie wollte nur noch von diesem grauenhaften Ort verschwinden. Voller Angst lief sie los, doch genau wie in ihrem Traum, schien der Flur nach jedem Schritt länger zu werden.

Trotzdem gab sie nicht auf, steckte all ihre Kraft in die Beine und rannte, als wäre der Teufel persönlich hinter ihr her. Da erschien am Ende des Ganges die Wand, an deren Mitte das riesige Portrait hing.

Tracy wurde langsamer und senkte gequält den Kopf, während sie zögernd darauf zuging.

Nein, bitte nicht.

Den Blick fest auf den Boden gerichtet, ballte sie die Hände zu Fäusten. Sie zitterte am ganzen Leib und schluckte schwer, bevor sie ängstlich aufsah.

Wie beim ersten Mal war auf dem Gemälde Mike abgebildet. Traurig lächelte er ihr entgegen.

»Mike«, wisperte sie und streckte den Arm nach ihm aus.

»Es tut mir so leid, Tracy.« Seine Stimme klang dumpf und weit entfernt. »Das ist alles nur meine Schuld.«

Tränen liefen ihr über die Wangen. »Sag das nicht.«

»Hätte ich die Karten von Thomas nicht unbedingt haben wollen, wäre das alles nicht passiert.« Die Qual in seinen Augen brach ihr das Herz.

»Nein!« Entschieden trat sie näher an das Gemälde, nicht bereit, dieses grauenvolle Schicksal zu akzeptieren. »Das ist nicht unser Ende. Wir finden einen Weg hier raus.« Hektisch tastete sie den Rahmen des Portraits ab. »Los, hilf mir. Siehst du bei dir irgendetwas wie einen Schalter oder eine Öffnung?« Obwohl sie keine Antwort bekam, ließ sie sich nicht von der fieberhaften Suche ablenken. »Hier muss doch was sein, verdammt!«

Verzweiflung saugte sich an ihrer Seele fest wie Blutegel an der Haut. Erschöpft sah Tracy zu ihrem Verlobten.

Mike bewegte sich nicht. »Es ist zu spät«, flüsterte er. Sein Blick war auf etwas hinter ihr gerichtet.

Sie erstarrte, als daraufhin Gelächter ertönte. Von allen Richtungen fiel es über sie her, zerrte an ihrer Seele, riss an allem, was noch von ihr übrig war.

Langsam wandte sich Tracy um, voller Angst vor dem, was sie dort erwarten würde.

Mit abgehackten, unmenschlichen Bewegungen kletterten die Gestalten aus ihren Rahmen. Ihr furchterregendes Lachen schwoll weiter an, während sie unaufhaltsam näher kamen.

Entsetzt wich Tracy zurück, prallte dabei mit dem Rücken gegen die Wand, direkt unter Mikes Portrait, das gefährlich wackelte.

Sie saß in der Falle.

Mit aufgerissen Augen musste sie mitansehen, wie ihre Peiniger den Abstand zu ihr weiter und weiter verringerten, bis die dämonischen Kreaturen kurz vor Tracy stehen blieben.

Ein dürrer Mann trat hervor. Sein zahnloses Grinsen beschwor die widerlichen Erinnerungen in ihr herauf. In den Händen hielt er ein rotgeflecktes Tuch, an dem er sich unaufhörlich die Finger abwischte.

Tracy wollte wegsehen, die Augen zukneifen, doch ihre Muskeln gehorchten ihr nicht länger.

Sein fauliger Atem umhüllte sie wie der dichte Nebel, in den sie und Mike hineingefahren waren.

Und als die krächzende Stimme des Mannes erklang, überfiel Tracy die erschütternde Erkenntnis. »Willkommen zur *Gruseltour de luxe.*«

TRAPWOOD NEWS

Montag, 07. Oktober

Studentenpaar vermisst

Trapwoods Einsatzkräfte arbeiten auf Hochtouren, um die am Sonntag vermisst gemeldeten Personen zu finden. Es handelt sich dabei um die 23-jährige Tracy Grant und ihren Verlobten, den 22-jährigen Mike Koller. Das junge Paar, das aus *Newlock* stammt, studiert an der ortsansässigen Universität.

Tracy Grant hat lange, braune Haare, blaue Augen und ist ca. 5'6" groß. Sie trägt hellblaue Jeans und ein weißes T-Shirt ohne Aufdruck. Mike Koller ist ca. 5'10" groß und trägt ein schwarzes T-Shirt, ebenfalls ohne Aufdruck, zu dunkelblauen Jeans. Er hat braunes, kurzes Haar und grüne Augen.

Laut Thomas Grant, dem Bruder der Vermissten, war das junge Paar bereits am Freitag um die Mittagszeit zu einem Wochenendausflug nach *Trapwood* aufgebrochen. Als sich Ms Grant auch am Montag nicht bei ihrem Bruder meldete und nicht erreichbar war, schaltete dieser die Polizei ein.

Das junge Paar hatte Karten für die *Gruseltour de luxe* in der stadtbekannten *Villa Temper*. Doch an ihrem Zielort sind die beiden nie angekommen.

Bisher keine genauen Erkenntnisse

Auf den Hinweis einer Tankstellenmitarbeiterin in der Nähe des *Fog Forest* hin, durchkämmte die Polizei auch das großflächige Waldgebiet entlang der *Straight Lane*. Nur wenige Kilometer vor *Trapwood* konnte der Wagen der Vermissten am Straßenrand sichergestellt werden. Von dem jungen Paar fehlt weiterhin jede Spur.

»Die Reifenspuren des Vermisstenfahrzeugs deuten auf ein Ausweichmanöver hin. Derzeit können wir jedoch keine genaueren Auskünfte geben«, so Sheriff Kolby bei der heutigen Pressekonferenz im Rathaus von *Trapwood*.

Seelennebel schlägt
wieder zu

Bürgermeister Nodds macht die Wetterphänomene für das Unglück verantwortlich. Die Gegend entlang der *Straight Lane* ist unter Wetterexperten seit vielen Jahren für ihren ungewöhnlich dichten Nebel bekannt. Die meist ein bis zwei Tage anhaltende Wettererscheinung tritt in diesem Umfeld nur wenige Male im Jahr auf und gilt als beliebtes Forschungsgebiet für Meteorologen und Ursprung regionaler Legenden und Schauermärchen.

Doch die Bürgerinnen und Bürger sind anderer Meinung, unter ihnen die 62-jährige Mrs Way. »Es war der Seelennebel, der sie geholt hat. Wen er einmal auserwählt hat, der kommt nie wieder heraus. Schon mein Großvater ist ihm in jungen Jahren zum Opfer gefallen. Man sollte diese Straße sperren lassen.«

Mrs Ways Großvater ist nicht der einzige ungeklärte Vermisstenfall, der sich in dieser Gegend ereignete. In den vergangenen Jahren häufte sich die Anzahl verschwundener Personen im *Fog Forest*.

Ob der Nebel mit Tracy Grant und Mike Koller neue Opfer gefunden hat, bleibt abzuwarten.

Eine Sperrung der *Straight Lane* ist laut Sheriff Kolby vorerst nicht vorgesehen.

Polizei bittet um Mithilfe

Sollten Sie das junge Paar gesehen haben oder am Wochenende auf der *Straight Lane* unterwegs gewesen sein, wenden Sie sich bitte umgehend an Sheriff Kolby.

Triggerwarnung

Dieses Buch enthält Elemente, die triggern
können. Diese sind:

*explizite Gewaltdarstellung auch gegenüber
Tieren, Blut, erwähnter Suizid*

Schlusswort

Nach meiner ersten Horror-Novelle „Blutmais" war mir klar, dass sich in dem kleinen Städtchen *Trapwood* noch viele Gruselgeschichten verbergen, die alle erzählt werden wollen. So entstand schließlich die *Gruseltour de luxe*. Natürlich wäre dies niemals ohne die Unterstützung meiner Horror-Crew möglich gewesen, der ich von Herzen danken möchte.

Meiner Familie gebe ich den Vorrang. Stets ertragen sie mein dämonisches Grinsen, wenn ich eine Idee für eine unheimliche Wendung habe und verschaffen mir die nötige Ruhe, um in meinem dunklen Kämmerchen neue Horrorgeschichten zu schreiben.

Ein großes Dankeschön gilt auch meinen Testleser*innen, die ihren Mut erneut bewiesen haben.

Und das nicht nur, durch das Äußern ihrer ehrlichen Meinung.

Ebenso dankbar bin ich meinem Lektor, der mir stets tapfer in die Dunkelheit folgt, um der Story mit mir den letzten Schliff zu verpassen.

Meiner Korrektorin danke ich für ihre tolle Arbeit und die Unerschrockenheit, sich dieser Geschichte anzunehmen.

Wenn ein Cover mir Gänsehaut beschert, ist es perfekt. Genau das ist das fertige Werk meines talentierten Coverdesigners, der die Stimmung der Geschichte hervorragend eingefangen hat.

Selbstverständlich geht ein riesiges Dankeschön an dich, liebe*r Leser*in. Dafür, dass du vertrauensvoll zu mir in den Wagen gestiegen bist und dich auf diesen Horrortrip nach *Trapwood* eingelassen hast.

Ich würde mich sehr darüber freuen, zu erfahren, ob dir *Gruseltour de luxe* gefallen hat. Dafür kannst du mir gern eine kurze Rezension oder dein Feedback schreiben und vielleicht sehen wir uns bald wieder in *Trapwood*.

Bis dahin, achte auf deinen Weg.

Cora Most

Du willst mehr über mich und
meine Projekt erfahren?
Dann besuche mich auf meiner Website
www.coramost.de
oder schau auf meinem Instagramaccount vorbei
https://www.instagram.com/cora.most/

Willkommen in Trapwood.
Hab Spaß, sieh dich in Ruhe um, aber hüte dich vor
dem Maisfeld an der Marostreet.

Als eine geplante Racheaktion aus dem Ruder läuft, müssen Jenna und ihre Freunde vor der Polizei flüchten. Ein perfektes Versteck ist schnell gefunden: Das hochgewachsene Maisfeld an der Marostreet. Hier würde sie nachts sicher niemand finden. Doch der Ort hat eine grausame Vergangenheit, die bis heute die Einwohner der Kleinstadt beunruhigt.

Aller Bedenken zum Trotz folgt Jenna den anderen in den vermeintlichen Schutz der Pflanzen. Keiner der Freunde ahnt, dass sie bereits erwartet werden.

Packende Horror-Novelle in einem
beklemmenden Setting.

Zeitfracht Medien GmbH
Ferdinand-Jühlke-Straße 7
99095 Erfurt, Deutschland
produktsicherheit@kolibri360.de